Dagmar Graupner
Schmetterlingswehen

Dagmar Graupner

Schmetterlingswehen

Novelle

edition litera
im
R. G. Fischer Verlag

Bibliografische Information der Deutschen Nationalbibliothek
Die Deutsche Nationalbibliothek verzeichnet diese Publikation in
der Deutschen Nationalbibliografie; detaillierte bibliografische
Daten sind im Internet über http://dnb.d-nb.de abrufbar.

© 2012 by R.G.Fischer Verlag
Orber Str. 30, D-60386 Frankfurt/Main
Alle Rechte vorbehalten
Umschlaggestaltung nach Gemälden von Susanne Graupner
Schriftart: Times 11°
Herstellung: RGFC/NL
Printed in Germany
ISBN 978-3-8301-9857-4

… jene Zeiten: O wie war ich Eines,
nichts, was rief, und nichts, was mich verriet;
meine Stille war wie eines Steines,
über den der Bach sein Murmeln zieht …
R. M. Rilke

Die Farbe des Herbstes ist Rot.

Warm noch die Nuance des frühen Vergehens, das Jahr blutet aus, füllt die Blätter mit der restlichen Glut des Sommers, während sich in die Luft bereits kühle Aromen mischen.

Die Farbe des Herbstes ist Beige wie das bittere Welken der Gräser und Grün wie die Visitenkarte kommender Zeiten.

Von hier oben kann ich den Herbst sehen. Zwei lange Dachlichtfenster Richtung Westen – (Westrem, Lasse – immer wird mir das einfallen), davor die Récamière, meine Zuflucht. Regale mit unzähligen Büchern, den Schreibtisch hier oben benutze ich selten, meist lese ich oder schaue nach draußen. Im Liegen, auf dem Sofa, hat es den Anschein, als würden Autos der entfernten Amundsenstraße über den unteren Teil des Dachfensterrahmens fahren. Nach Einbruch der Dunkelheit und bei gutem Wetter erscheint am oberen linken Fensterausschnitt einer der Sternenwagen mit seiner ewig abgebogenen Deichsel.

Der Tag zieht sich bereits in den Keller zurück. Wind in den Bäumen. Mir aber ist warm. Die Birke, in der so lange die Nebelkrähen nisteten, schwenkt ihre Zweige. Ihr Bemühen, sich des verwaisten Nests zu entledigen, bleibt ohne Erfolg. Staub wir belt auf, Aufruhr auch in den Blättern des großen Nussbaumes. Sehr weit hinten, zwischen grünen Nadelwäldern und Jahrmillionen bewährter Wolkenformationen, zeichnen Rotorflügel ferner Windkraftwerke helles auf dunkles Grau.

Ich liebe den Herbst. Auch den späten, laublosen, grau-schwarzen. Der Herbst gehört zu mir.

Und die einzelne Blume, die durch karges Grasland sich zwang – die mich mehr berühren wird als die vollendete, komponierte Rabatte …

Ob ich je die Straße befuhr, die ich in der Ferne wähne? Die Straße vor den Windkrafträdern? Werde ich irgendwann wissen, wo dieses »Sehr-weit-Hinten« sich befindet? Ich müsste nur auf die Karte sehen, aber immer schiebe ich es auf.

Da – ein fernes Geräusch im Haus, eine zuschlagende Tür, dann die Klaviatur der Treppe abwärts. Dr. Kurt von Rimstetten auf dem Weg wohin auch immer. Dann, kaum noch hörbar, das Einrasten der Eingangstür.

ICH BIN
allein unter Menschen
rastlos
ICH WERDE
ausscheren aus dem Heer der Angepassten
erneut eingepasst. Unausweichlich. Denn was immer man tut, irgendjemand hat schon lange Zeit zuvor ein Wort oder einen Namen dafür gefunden. Und neben allen beschreibenden, katalogisierenden oder den zustimmenden Worten existieren noch

jene, die bitten, drohen, vorschlagen, einklagen; also Veränderung beabsichtigen.

Die Worte für Sie habe ich nicht gefunden.

Mir bleibt die Tat. Oder das Schweigen.

SOLL ICH

ein Verbrechen begehen, damit Sie mich sehen?

(Westrem, Lasse – noch ein »S« und es wird einer jener kurzen, wohlmeinenden Ratschläge daraus oder eine Warnung – die ich nicht hören werde.)

Dabei bin ich sicher, wir würden einander verstehen, ja sogar eins sein, könnten wir nur einen Moment nebeneinander schweigen.

* * *

~~~~~~~~~~ I ~~~~~~~~~~

Schwarzer Schattenriss Kindheit, Schatten, der sich durch ein ganzes Leben zieht, Rückschläge und Ungewissheit bis hin zum Ende, das allerdings ist gewiss. Sisyphosmühen ein Leben lang …

Ewiges Leben, Gott bewahre!, sagt ihr Gegenüber mit müdem, aber freundlichem Lächeln.

Lebenskonstellationen, denen das Nicht-Glücken gewissermaßen als Beigabe zugestellt ist, kennt sie zahlreiche. In diesem Fall aber haben sie weder zu Bosheit noch zu Verbitterung noch zu allgemeinen Vorwürfen gegen Gott und die Welt geführt. Das rührt sie.

Der Schreibtisch am Fenster wird zweigeteilt durch das träge Licht der Nachmittagssonne. Zerstreut verfolgt sie die langsame Dehnung des Schattens. Dem plötzlichen Drang, sich ihrer Schuhe zu entledigen, gibt sie nicht nach. Der Mann auf der anderen Seite hat sorgsam Zeit auf seine Toilette verwandt. Weder gehört er zu jenen, die sich in Unterhemd oder kurzen Shorts auf dem Stuhl räkeln, noch wird sie von ihm je Grobheiten zu hören bekommen. Seine Hände ruhen ineinander auf seinem Schoß, er sitzt ziemlich gerade, keineswegs aber auf dem Sesselrand. Sein Blick ist weder ängstlich noch forsch, eher ist er von einer gewissen sachlichen Ergeben heit, wenn es so etwas gibt. Zumindest fällt ihr genau das dazu ein. Auf seinem Kopf, meist etwas schief, hockt ein dunkles Toupet. Dieser Anblick ist nicht zum Lachen, eher macht es sie traurig, da die Bemühungen ihres Patienten weniger der Eitelkeit als seinem Wunsch, sich anderen angenehm zu machen, geschuldet sind. Verräterisch helle Strähnen ragen unterhalb des Haarteils hervor. Es ist, als sei dessen Träger unbemerkt von seinem Toupet grau geworden.

Sophie Wildenhain ist Co-Therapeutin in der Praxis von Katja Print. Dreimal in der Woche acht Stunden. Genau genommen bestehen diese »Stunden« nur aus fünfzig Minuten, die restlichen zehn bleiben für Nach- und Vorbereitung. Sie versucht sich an der Pseudoproduktion seelischer Gesundheit. Manchmal misst sich ihr ganzer Erfolg an der Summe positiver Regungen oder Gedankengänge während einer Sitzung. Die Praxisinhaberin, Katja Print, ist zusätzlich Psychoanalytikerin. Gleich einem Schaufelbagger fördert sie Abraum zu Halden.

Bleiben die Halden.

Und die Grenzen der Therapie.

Und es bleiben all jene, an deren Vergangenheit man besser nur wenig rührt; jene, bei denen tief zu graben und zu insistieren eher Schaden bewirken würde. Dazu gehören die Psychotiker, ebenso Menschen mit bipolarer Störung, solche mit endogener schwerer Depression und nicht zuletzt die »Borderhard-liner«.

Sophies Patient gehört nicht zu den letztgenannten Kategorien. Trotzdem wird sie ihn von seiner Vergangenheit lösen wollen.

Worte füllen den Raum. Es sind nicht ihre Worte. Sie hört zu. Nur hin und wieder fragt sie nach, weist behutsam die Richtung, äußert Gedanken oder Vorschläge, die ihr in eigener Sache oft fehlen. Sie spendet Mut aus beliehenen Ressourcen, regt Perspektiv- und Sichtwechsel an, um Schweres leichter zu machen. Jetzt aber lauscht sie der klaren, am rauen Grat des Lebens geschliffenen Klugheit eines einfachen Menschen, dem kaum etwas im Leben geschenkt wurde. Sie bemüht sich um professionellen Abstand, und doch fühlt sie sich ihm näher als allen intellektuellen Vorzeige-Schwätzern, näher als all den egoistisch-verqueren Existenzen, die gedanken- und rücksichtslos sämtlichen Raum beanspruchen. Im Gegensatz zu ihnen besitzt Werner W. ein hohes Maß an menschlichem Anstand und eine fast unheimliche Sensibilität für die Gefühlslagen anderer Wesen, also eine hohe emotionale Intelligenz. (Werner Weh!) Manchmal die Vorstellung, ihm wegen seiner permanenten finanziellen Notlage Geld zu überstellen. Anonym. Die Gewissheit, dass er dieses nicht anrühren, zumindest aber kaum für sich selbst verwenden würde, macht sie beinahe ungeduldig. Vorerst aber sucht sie nach einer abschließenden Formulierung.

Ich freue mich über Ihre Großherzigkeit, Ihre Klarsicht und Ihren Mut. Er wird Ihnen den Weg ebnen, ich bin mir sicher. (Immergrüne Pflanze Hoffnung – unbelehrbar oder ist sie weise?)

Seine Verbeugung während der Verabschiedung deutet einen Handkuss an.

Der Weg nach Hause wird ihm heute leichter sein.

Auf ihrem Heimweg denkt Sophie Wildenhain an Werner W.

~~~~~~~~~~ 2 ~~~~~~~~~~

Laut knarrend und ein wenig widerspenstig gibt die massive Holztür den Weg ins Innere des Wohnhauses frei. In zuverlässigem Stakkato signalisiert sie geräuschvoll das Kommen und Gehen. Sie gehört zu einem soliden, modernisierten Altbau mit nur zwei Geschossen und insgesamt vier Mietparteien. Die breite Holztreppe ziert ein filigran gearbeitetes, aber stabiles Metallgeländer.

Das Hochparterre bietet zwei großzügig geschnittenen Dreiraumwohnungen Platz. Auf dessen Höhe begegnet ihr Lasse Westrem, der vierzigjährige Mieter der Wohnung rechts. Die Tatsache, dass er ihr bei der damals gleichzeitigen Bewerbung um die Wohnung im Stockwerk darüber unterlag, scheint noch immer nicht verwunden. Ihr ist, als störe ihn allgemein und im Besonderen die Topografie der Wohnanordnung. Sie über ihm – wie eine ständige Provokation (was er auch unternimmt, die Belle Etage ist immer schon besetzt). Sein Gruß bleibt auf die Mindesthöflichkeit beschränkt. Kein Lächeln. Seine Augen: geschlechtslos, abweisend. Kurz darauf teilt die Haustür erneut Drinnen von Draußen. Sie fällt ins Schloss mit einem Geräusch, das Sophies soeben erfahrene Missbilligung unterstreicht.

Die Wohnung links gegenüber beherbergt die

ebenfalls vierzigjährige Merja Wied und deren siebenjährige Tochter Carie. Merja lehrt Biologie und Deutsch. Die außerordentlich fantasiebegabte und freundliche Carie lernt an derselben Schule mit Freude das Lesen, Schreiben und nur mäßig das Rechnen. Eine Dyskalkulie, eine isolierte Schwäche, die ihre Mengenvorstellung berührt, führt während der heilpädagogischen Übungen wieder und wieder zu Tränen. Diese sind weniger Caries Ehrgeiz als ihrem großen Freiheitswillen geschuldet ...

Zuweilen, wenn Merja Wied einen der zahlreichen Bewerber auf ihre Kontaktanzeigen zur Prüfung einbestellt (das Wort Lehrkörper gewinnt hier eine völlig neue Bedeutung) oder wenn das heilpädagogische Unheil für Verstimmungen sorgt, klingelt Carie bei Sophie ...

Die Wohnungen im oberen Stockwerk haben ebenfalls je drei große Zimmer, jedoch wurde der dritte Raum maisonetteähnlich dem Dachboden abgerungen. Er ist mit einem Giebelfenster und zwei sehr langen, beinahe bis zum Fußboden reichenden Zwillingsdachfenstern versehen. Man erreicht ihn über eine enge Wendeltreppe vom Wohnungsflur aus. Dieser ist langgezogen und schmal, auf der einen Seite mit Fenstern, auf der gegenüberliegenden gesamten Länge mit Einbauschränken versehen, die nur durch die Zimmertüren unterteilt werden. Am Ende des Ganges, geradezu, befindet sich eine weitere Tür. Stehen alle Türen offen, gleicht der Flur einem engen Geburtsgang, der infolge starker Wehentätigkeit und einem zu großen Fötus mehrfach perforiert ist. Wiederum großzügig bemessen sind Küche, Bad und ein terrassenähnlicher Austritt.

Sophie gegenüber wohnt Dr. Kurt von Rimstetten. Ruhig, freundlich und hilfsbereit, ist er ein angenehmer Nachbar. Er ist groß und kräftig, sein genaues Alter kennt niemand im Haus – mit einer Ausnahme wahrscheinlich. Sophie streift die Tür mit ihrem Blick. Kurt von Rimstetten – Kurz vorm Rumstottern, hatte eine Schulfreundin Caries das handgeschriebene Klingelschild entziffert (so etwas wird man nie wieder los). Caries Wiederholungen hat Sophie überhört. Dr. med. labil, sagt Merja und bezieht sich dabei auf seine Trinkgewohnheiten. Niemals ganz nüchtern, ist er andererseits nie augenscheinlich betrunken. Gleich einem Blick durch getönte Gläser entzieht er sich der grellen Zumutung allzu luzider Wahrnehmungen. Es ist anzunehmen, dass seine frühe Berentung die Folge war.

Sophie Wildenhain: Druckbuchstaben auf ihrem Schild.

Einmal V und viermal W, denkt sie – willkommen im Haus der Alleinstehenden: der Alleingelassenen und der Aufgesparten.

~~~~~~~~~~ 3 ~~~~~~~~~~

Subtropisches Klima, welches das Atmen erschwert, füllt die riesige Halle der Biosphäre. Große fremdartige Bäume und Blüten zaubern fremdes Land in heimische Gefilde. Wasserläufe hier und da, kleine Spezialeffekte, viele wundersame Tiere, zahllose liebenswerte und kindgerechte Probier- und Lernhilfen. Rund um ein nachgebildetes Tauchboot schließt sich ein Aquarium. Ein kleiner gehörnter Kofferschwimmer wartet darin wieder und wieder auf einen riesigen blauen Drückerfisch, der unbeirrt seine Runden zieht. Kommt er in dessen Nähe, versucht der eckige Kofferfisch anzudocken.

Er ist verliebt, sagt Carie und freut sich. Später wird Sophie erfahren, dass er, futterneidisch, im größten Fisch einfach den größten Rivalen wittert (das erzählt sie Carie nicht).

Im oberen Teil der Halle, beinahe wie ein Nest in einem Mammutbaum, befindet sich Caries Lieblingsraum. Von seiner geringen Ausdehnung her erinnert er Sophie an das EEG-Zimmer eines Krankenhauses, in dem sie eine Zeit lang hospitierte – und in dem die Assistentin während der Fotostimulation Stroboskopsequenzen auf lichtempfindliche oder -unempfindliche Personen abschoss, harrend, ob Frequenz und Spannung der Hirnstromkurven das Nahen eines epileptischen Gewitters ankündigen würden …

Im kleinen Biosphärenzimmer herrscht jedoch eine andere Rhythmik vor, sie gehorcht dem Flügelschlag unzähliger exotischer Schmetterlinge. Die Metamorphose vom Ei über den Raupenvielfraß zur Puppe und von da zur Entwicklung und zum Schlüpfen des fertigen Falters beschäftigt Caries Fantasie. Dank Merja kennt sie fast alle lateinischen Bezeichnungen. Bei den fertigen Exemplaren spricht sie vom Vollkerf oder Imago. Caries Lieblingsfalter ist erstaunlicherweise keiner der tagaktiven und grellfarbigen Exoten, sondern ein nachtaktiver Spanner (die Doppeldeutigkeit dieses Namens kennt sie noch nicht). Seine wissenschaftliche Bezeichnung mutet an wie eine der fernöstlichen Meditationsformeln: Timandra comai. (Mit Segen zur Mitte zur Stille zum Beispiel …) Seine Vorder- und Hinterflügel ähneln sanft gerundeten Frackschößen mit rosafarbenem Rand. Ein zusätzlicher roter Streifen zieht sich über die gesamte beigefarbene Flügelmitte von einer zur anderen Seite.

Schau, Sophie, wie er die Flügel hält, er wartet auf die Nacht. Dann verlieren die Sterne ihren Staub.

An diese Geschichte glaubt Carie unbeirrt, und wenn Sophie genau hinsieht, findet sie auf dem kleinen Schuppenflügler den klaren Beweis – feinen perlmuttglänzenden Niederschlag.

~~~~~~~~~~ 4 ~~~~~~~~~~

IchmussmalaufdeineWaage, meine geht vor.
Merja hält ihr lächelnd eine Schüssel mit feucht glänzenden Weintrauben entgegen. Gewaschen, sagt sie und okkupiert Sophies Badezimmer. Kurzsichtig beugt sie sich über die Skala und versucht ihr Gleichgewicht zu finden. Eine Zeit lang hat es den Anschein, als würde der Waagentacho pendeln – ähnlich einem Zeigefinger vollführt er eine Drohgebärde, bis er sich endgültig auf den Vorwurf festlegt. Doch nicht, sagt Merja und steuert Sophies Wohnzimmer an. All ihre freiwilligen anorektischen Bemühungen der vergangenen Tage sind ins Leere gelaufen, wegen der Pralinen, mit denen sie abends belohnt wurden.

Vertagt Sophies ruhiger Nachmittag, vertagt auch das Schreiben an ihrer erst zehn Seiten starken Geschichte. – »Die Farben des Herbstes« werden warmgestellt. Vielleicht gelingt ihrem Text ähnlich einem Hefeteig das Gehen in lauer Abgeschiedenheit. Man kann nie wissen, denkt sie und fügt sich Merjas Begehren.

Der von heute hat die ganze Zeit genickt, stell dir das vor. Der totale Rundumversteher. Der hat sogar genickt, wenn ich gar nichts gesagt habe. Ich kam mir vor wie in der Muppet Show. Merja untermalt ihr Lachen mit den Händen. Fest vor den Leib gepresst, verhüten sie das Bersten des Zwerchfells.

Merja einzuordnen, ist kein leichtes Unterfangen. Es scheint Sophie mitunter, als wäre es erstmalig gelungen, alle Gegensätze in einer Person zu vereinen. Nichts in ihr ist so wach wie der Wunsch nach Vorteilsnahme, sagen die einen. Dem gegenüber steht eine durchaus vorhandene selbstlose Hilfsbereitschaft. Mit histrionischen Wesenszügen ausgestattet, soll heißen hysterisch, glückt ihr andererseits die ruhige Distanzwahrung und überlegene Ausgeglichenheit. Hochintelligent, stürzt sie sich wieder und wieder in amouröse, teils hochgefährliche Abenteuer. Einerseits rücksichtslos expandierend, entwickelt sie in bestimmten Situationen eine beinahe hellseherische Sensibilität. Vor allem und immer ist sie jedoch unterhaltsam und schillernd. Manchmal hochkompliziert, überwindet sie auf der anderen Seite sämtliche Ressentiments durch ihre frische, gewinnende Direktheit. Beinahe nie versucht sie sich zu verstellen. Auch momentan nicht, denn Merja scheint sich soeben ihrer gustatorischen Bedürfnisse bewusst zu werden. Scheinbar ohne zu schlucken oder zu kauen stopft sie eine Weintraube nach der anderen in ihren Mund, der sich bedenklich füllt. Wie ein Maulbrüter zur Laichzeit verharrt sie eine Zeit lang reglos (Sophie wäre nicht verwundert, würde plötzlich ein Schwarm kleiner Fische ihrem Mund entweichen), dann setzt umständlich und vorsichtig der Mahlvorgang ein.

Fortsetzung folgt, sagt sie später zufrieden und überlässt Sophie der Nacht.

~~~~~~~~~~ 5 ~~~~~~~~~~

Frühes Erwachen. Wind bewegt die Fenstervorhänge, die Stunden der Nacht darin gefangen. Gefangen auch ihr morgendlicher Traum: Panne eines Tiertransporters. Es ist glühend heiß. Der Lkw parkt auf dem rechten Fahrbahnstreifen. Durch die teils offenen Seitenverstrebungen erkennt sie Schweineschnauzen und -ohren. Ihr Herz hängt wie eine Eisenkugel zwischen den Rippen. Dann sieht sie den Fahrer mit einem Eimer Wasser auf der Ladefläche. Sophie verfolgt, wie er mit nassen Händen über die Bäuche der Tiere streicht, die ihrerseits Fühlung nehmen mit ihren freundlichen Rüsseln. Erleichtert und froh weiß sie plötzlich, dass der Fahrer die Tiere in Sicherheit bringen wird.
    Im Traum.
    Diesen Mann will ich heiraten. Auf diese Erkenntnis hin erwacht sie.
    Vom Traum.
    Nicht vom Schmerz.

~~~~~~~~~~ 6 ~~~~~~~~~~

Mit schwindender Kraft halten sich letzte Blätter an Bäumen. Durch kunstvoll geklöppeltes Zweiggeflecht schimmert das helle Kleid des Himmels. Wind geht über die Wiesen und schlägt Haken im Geäst blattberaubter Kronen. Grün-braun-ocker-grau-beige; Rot nur noch in den Hagebutten.

LASS MICH DA SEIN, diese Schönheit zu sehen.

Diese Bitte ist allgemein gehalten, denn vorerst wird sie sich lösen müssen für die Pflicht. Die gleiche Pflicht, der offenbar Lasse Westrem folgt. Wie ferngesteuert fährt Sophie vom Fenster zurück, nähert sich jedoch erneut.

Gemessenen Schrittes entfernt er sich vom Hauseingang. Fast wundert es sie, dass sein Tag gleich dem ihren gesäumt ist von Anstrengungen, auferlegten und selbstgewählten. Eine Zigarette rauchend, sucht er in vollkommener Gelassenheit die Nähe seines Wagens. (»Verdeckter Ermittler« hat Merja ihn einmal im Scherz genannt, und wer weiß …) Ruhig und selbstbewusst, jetzt ohne das geringste Anzeichen verhaltenen Grolls, steht er wie ein Baum, groß, sicher, ein Beschützertypus, überlegen, von einer glasklaren Intelligenz. Ein gut geschnittenes Gesicht, die Haare dunkel mit der wunderbaren Beimischung von europäischem Licht dunkelblond.

Jetzt in Gedanken versunken – Ermittler in eigener Sache.

WARUM hat sie seine Sympathie nicht?

Dabei ist sie sicher, sie würden einander verstehen, ja sogar eins sein, könnten sie nur einen Augenblick nebeneinander schweigen ...

Mantel, Schlüssel, Tasche – die Treppe hinab, vorbei an der Wied-Tür mit dem Abtreter davor: drei spielende Hunde als Motiv – wer bringt es fertig, sich darauf ... – hinaus ins Freie, das so frei ist wie der Platz, auf dem Sophie vorhin noch ein Auto sah.

~~~~~~~~~ 7 ~~~~~~~~~~

Gedanken gehen und kommen wie Ebbe und Flut. Manchmal strandet ein Gedanke und verweigert den Rückzug. Sophie Wildenhain am Dachfenster. Ihr ist, als würde sie hinter Glas Nitrat produzieren wie der Salat im Frühbeet.

MUSS ICH
ein Verbrechen begehen, damit …

Eine Straßenlaterne ätzt helle Flecken ins nächtliche Firmament, ihr zweifaches Echo in den Scheiben. Aus weiter Ferne rotes, lockendes Blinken, dort, wo sie die Windräder weiß. Regentropfen liegen wie ein Collier aus Silberperlen dazwischen – filigran an den Seiten, opulent an der Basis. Als würde ein Juwelier seinen kostbaren Schmuck hinter Glas präsentieren.

Allein unter Menschen, nicht eigentlich schlimm. Anfang des Jahres war das Ende gekommen und sie hierher. Nicht ein einziger Vorwurf gegen den, den sie besitzergreifend als »ihren« Mann bezeichnet hatte. Ein guter Mann, wie sie weiß – klug, aufgeschlossen, zuverlässig, fürsorglich (fehlt noch was?). Ihre Schuld, dass er gegangen war. Mehr und mehr war er zu ihrem Bruder geworden, einem geliebten Bruder, gar keine Frage.

Kein Mann erträgt das …

Sophie, 34 J. (Eine Immatur, sagt Merja – ein Mittelding zwischen Jung- und Altvogel), 1,74 m, schlank, freundlich – aber für wen?

~~~~~~~~~~ 8 ~~~~~~~~~~

Wie Krötenlaich verteilen sich Hagelkörner über die Dachflächenfenster. Der Blick nach draußen ist verstellt.

Lesen – was für ein wunderbares und kostengünstiges Abenteuer. Sophie ist zu Hause und doch meilenweit entfernt. Sie liegt bequem, ist allein und wird doch unterhalten. Dabei wird niemand erwarten, dass sie klatscht oder lächelt. Sie muss sich nicht bedanken, auch reden nicht.

»… sieht sie sein Lächeln, das unter ihren Pullover gelangt und von dortaus überallhin«, liest sie gerade, als es klingelt. Carie?, ist ihr erster Gedanke und es gibt nicht allzu viele Möglichkeiten der Täuschung.

Mami hat Besuch, ist nicht einfach ein Satz. Es ist die Formel für logische Abfolgen; für zugezogene Vorhänge in einer Wohnung des Erdgeschosses, für Carie zu Sophie – und für Geduld. EINES TAGES PLÄTTET DICH DAS JUGENDAMT, MERJA WIED.

Liebe kleine Carie, sagt Sophie, komm rein!

Der Trauermantel ist ein Wanderfalter, der Meere überqueren kann, und auch der Monarchfalter kommt mit den Herbststürmen von Nordamerika zuweilen über den Atlantik bis nach Europa. Viele der Tiere ertrinken auf ihrem Weg noch vor dieser

Textstelle hat Sophie ihr das Schmetterlingsbuch entrissen und sucht in ihrem Fundus nach dem Stoff für Caries Lieblingsspiel: Verpuppung. Das Ei- und Raupenstadium lässt sie in der Regel aus, dafür folgen in unermüdlicher Wiederholung das Einhüllen, dann die von Carie fantasievoll kommentierte Verwandlung und schließlich das Schlüpfen in einem wundervoll kitschig-rosafarbenen Tüllkleidchen.

METAMORPHOSE, denkt Sophie.

Das ist es ... so könnte es gehen.

~~~~~~~~~~ 9 ~~~~~~~~~~

Klingeln an der Wohnungstür. Sophies Wecker schläft indessen noch. – Carie?, denkt Sophie, denn es gibt wenige Möglichkeiten, sich zu täuschen.

GUTEN Morgen. – Frau Wildenhain, ich würde es vorziehen, mir mein Badewasser selbst einzulassen. – Wenn Sie nichts dagegen haben, sagt er in ihr verdutztes und später bestürztes Gesicht hinein.

All die Worte, die sie täglich spricht, nicht eines davon steht ihr zur Verfügung. SIE HAT DEN HAHN NICHT ZUGEDREHT – der Waschmaschinenschlauch leckt schon seit Wochen leicht. Dieses Problem hat sie auf ihre Weise gelöst – ein Gummihandschuh über die Wunde, mit einer Mullbinde arretiert – prima, geheilt!

Oder nicht. Es gibt Rückfälle.

Etagenwechsel vom eigenen Bad ins darunterliegende, den Bademantel wie ein Schutzschild vor der Brust zusammengekrallt. Noch immer keine Worte, bis auf ihre Entschuldigung. Wasser, getönt mit sich lösender Wandfarbe, sogar sein Hemd trägt Spuren der Verwüstung. Verdreckter Ermittler, fällt ihr dazu ein, nur kann sie nicht lachen.

~~~~~~~~~~ 10 ~~~~~~~~~~

Nebelbeschwerter Weltuntergang. Als hätte der Hades seine Schleusen geöffnet, steigt Dampf aus Gossen und Gullydeckeln und verdichtet sich in niedriger Höhe zu einem Dach. Es ist, als bediene er sich dabei des Wassers aus ihrem leckgeschlagenen Schlauch.

Was für ein höllischer Morgen. Wasser aus ihrem Hahn wird zu Wasser auf seine Mühlen. Kein Anzeichen von Ärger bei ihm diesmal, nur diese kühle und ein wenig zynische Sachlichkeit, die um so verletzender ist. SIE HAT ÜBER IHM NICHTS ZU SUCHEN, so höflich verpackt, dass ihr kein Wort des Widerspruchs zusteht. Kein Vorwurf – keine Verteidigung. Punkt.

Vielleicht wird sie in diesem Nebel für immer verschwinden, ein tröstlicher Gedanke, bis sie die Villa von Lara und Vincent Hertz erreicht (Hertz – wie die Frequenz, nicht der Muskel, hatte er sich ihr vorgestellt und im wahren Wortsinn ihre Sprechstunde frequentiert).

Sie wird verschwinden und sie wird nicht verschwinden …

~~~~~~~~~~ II ~~~~~~~~~~

Zwei Patienten im Warteraum. Sagt der eine: Beinahe hätt' ich mein Bein verloren. Sagt der andere: Ach geh'n Sie, sowas merkt man doch (sie sagt nicht, dass sie den schon kennt). Was sagt ein Vorgesetzter zu seiner korpulenten Angestellten? – Frau Untersetzte.

Manchmal sind die Grenzen von Therapiebedürftigen zu Therapierenden eher fließend. So wie heute.

Meine Frau hat einen Atombusen, er ist mit bloßem Auge nicht zu erkennen. Weiter. Ein DDR-Witz: Haben Sie hier keine Waschmaschinen? (Apropos Waschmaschinen). – Keine Waschmaschinen haben wir in der dritten Etage, hier haben wir keine Teppiche. Weiter …

Vor Sophie sitzt ein etwas distanzgeminderter und hartgesottener Trinker. Seiner Haut und seinem Geist ist die Summe der Exzesse eingeschrieben, ebenso seiner Garderobe. Im Allgemeinen taugt er nur wenig zur Aufmunterung, doch Not lässt noch jeden Halm als Baum erscheinen. Witze erzählt er, ohne zu stocken.

Frau Dokta, diesmal höre ich wirklich auf.

Ich freue mich, dass Sie den Mut zu einem Neuanfang finden, Herr S. (Immergrüne Pflanze Hoffnung – unbelehrbar oder ist sie weise?) Ich habe übrigens keinen Doktortitel.

Für mich heißen alle Ärzte Dokta.

Ich bin auch keine Ärztin (aber seit heute bei der Wasserwirtschaft).

Diese Tatsache scheint ihn zu irritieren und wird sein Vertrauen in ihre Fähigkeiten erschüttern. Gleichsam erwächst ihm daraus der Mut zu seinem Übergriff: Wir beede würden 'n gutes Paar abgeben ... Das will sie sich besser nicht vorstellen.

Frau D., die nächste Patientin, kommt zur zehnten Sitzung und augenscheinlich nur zur eigenen Unterhaltung. Sophie erscheint sie wie ein Schwamm. Sie saugt alles auf – ihre gesamte Umgebung (Menschen, Fürsorge, Ratschläge in unendlicher Folge: stundenlang und inzwischen gebetsmühlenartig). Aber ein Schwamm verdaut nicht. Auf Druck gibt sie alles wieder von sich (Sorgen, Ärgernisse, Ratschläge, Fürsorge) – unverwertet, und ohne dass die geringste Veränderung in ihr vorgehen würde ...

Danach wird es turbulenter. Sandra K. leidet unter einer Borderline-Störung. Wie eine Welle schwappen ihr Zorn und ihre Angst in den Behandlungsraum und füllen ihn bis zur Decke. Obwohl es ihr möglich ist, ihr Fehlempfinden und Fehlverhalten zu reflektieren, leidet sie unverdrossen und macht andere leiden. Alle Beziehungen von kurzer Dauer, kaum ein längerer Moment zufriedenen Verharrens – eine Menge Zündstoff unter einer durchlässigen Haut. Was sie und Sophie heute vereint: Wut, pulverisiert und schaumgebremst, gehemmt durch die Regeln der Konvention – zur Explosion fehlt immer ein Schritt.

~~~~~~~~~~ 12 ~~~~~~~~~~

Terroristen beleidigen ihre Götter, indem sie diese zu Anführern von Massenmördern degradieren. Auf jeden Fall würden die Götter wünschen, dass Menschen sich nicht zum Sprachrohr derer ernennen, deren Sprache sie niemals vernommen haben.

Der letzte Patient der Nachmittagssprechstunde steht kurz vor der Verabschiedung. Sophie sorgt sich um ihn nicht etwa, weil er Unsinn redet (das tut er nicht), sondern weil er seine Möglichkeiten überschätzt und in der aufflackernden manischen Phase schwer auszubremsen ist. Da er sich augenblicklich der Terrorbekämpfung verschrieben hat, duldet seine Überweisung zu einem Psychiater keinen Aufschub.

Feierabend.

Was nicht heißt, dass sie etwas zu feiern hätte. Sie hat zunächst mit einem befreundeten Handwerker das Prozedere zu Haus- und Wohnungsrettung zu besprechen. Leider ist der schützende Nebel verschwunden, der sie frühmorgens so einfühlsam umhüllte. Stattdessen fällt die Sonne durch ein Netz aus Wolken, dessen Ränder sie in Brand gesetzt hat.

~~~~~~~~~~ 13 ~~~~~~~~~~

Die nougatfarbene Wandtönung in seinem Badezimmer hält einer Prüfung stand und schürt seine eifersüchtige Verärgerung. Ihm war von Anfang an klar, dass Sophie Wildenhain mithilfe eines schier unerschöpflichen Vorrates ergebener Lakaien den angerichteten Schaden beseitigen könnte. »Langstielig«, langhaarig, intelligent und schön, wandelt sie auf dem schmalen Grat zwischen Stolz und Hochmut. Sie bekommt, was sie will, und sie will, was sie bekommt. So sind die Dinge verteilt. Er will nicht von Gerechtigkeit reden.

Nur ein einziges Mal, ganz früh in ihrem Bademantel und mit nackten Füßen (ihre Füße schmal, er dachte, sie lebe auf größerem Fuß), hatte er Zweifel. Einmal sah er sie ohne ihre Schminke, die großen Augen noch größer vor Schreck (tat es ihm leid? – noch nicht), das Gesicht verkuschelt (was für ein Wort, aber er hat sich plötzlich vorstellen müssen … – das will er in Zukunft lassen). Schon frühmorgens dieser verwöhnte Zug um ihre geschwungenen Lippen, die im Erwachen das Lächeln gebaren, ein Lächeln, das bei seinem Anblick stockte. So sind die Dinge verteilt. Er will nicht von Gerechtigkeit reden, und auch sonst fehlen ihm immer häufiger die Worte.

~~~~~~~~~~ 14 ~~~~~~~~~~

Vor ihrer Haustür angelangt, die sich wie durch einen Zauber von selbst öffnet, stößt Sophie mit einem fluchenden Fremden zusammen, dahinter Lasse Westrem, der sich offenbar eingemischt hat. Merjas Tür ist geschlossen, ein randalierender »Bewerber« des Hauses verwiesen.

Und SIE leisten dem Ganzen auch noch Vorschub.

Trotz ihres Ärgers über den Vorwurf ist Sophie froh um diesen Schutz im Haus.

Sie täuschen sich, HERR Westrem. Es geht mir einzig und allein um Carie, das verstehen Sie doch?

Später, auf dem Dachboden, kommt sie zur Ruhe. Heute wird sie nicht mehr schreiben an der Geschichte, die sich nur mühsam entwickelt. Und doch – wie wunderbar, dass erschaffene Kulissen und Personen ihrem Willen und ihrer Vorstellung folgen.

Auf dem Fensterrahmen die Autos der Amundsenstraße. Sie denkt an Schlittenhunde und unbarmherzige Kältestürme, an all die beseelten und mutigen Menschen, die ihr Leben riskierten für eine große Idee und den menschlichen Ehrgeiz. Und sie ist hier in behaglicher Sicherheit. Kann sie sich freuen?

Sie schaut auf die Wolkengebirge, dazwischen

riesige Seen. Die Vorstellung, mit einem Boot in dieser Einsamkeit zu fremden Ufern aufzubrechen, macht sie schwindelig.

~~~~~~~~~~ 15 ~~~~~~~~~~

Ein munteres Gespräch im Hausflur, unbekümmertes Stimmengeplätscher, Lachen, auch seines, tief und gutmütig. Mit der Drehung des Schlüssels im Schloss erkennt sie: Merja Wied und Lasse Westrem. Eifersucht rammt sich wie eine marternde Pfählung durch ihren Leib und direkt in ihr abgeklärtes Hirn.
SIE KANN SICH EINFACH SO MIT IHM UNTERHALTEN!
Westrem – (ram!).
Ausgeschlossen und verraten, hinterlistig hintergangen, Enttäuschung wandelt sich zu Angst und breitet sich aus im gesamten Körper.
Hinab die Treppe, zusammenreißen, Guten Morgen sagen und hinaus …
Windschiefer Monat November, Laub fegt mit herbstklammem Geflüster über den Gehsteig. Frostskizzierungen an den Fensterscheiben. Erstes Eis, das in Klumpen vom Dach sich löst und am Boden zerschellt. Wie eine Leihgabe der Schneekönigin liegen die klarkaltglitzernden Eiskristalle feil.
Nun muss es sein, Sophie, es hilft nichts sonst …

~~~~~~~~~~ 16 ~~~~~~~~~~

Zu viel Gesundheit ist gar nicht gesund.

Ein erster Einkauf im Biomarkt ist wie ein Gang durch eine Parallelwelt. Hatte Sophie hier vor Kraft und Lebensfreude strotzende Dauerkurende erwartet, so ist sie soeben vom Gegenteil überzeugt worden. Vielleicht liegt es am Tag oder am Wetter – neben stummem Verkaufspersonal, das den Blickkontakt mit potenziellen Kunden meidet, findet sie auch auf der Seite der Einkaufswilligen eher verhaltene oder besser gar keine gute Laune. Wie ein falscher Ton liegt eine Ahnung von Ungnade und schleichender Auszehrung über der Halle, deren Beleuchtung ebenfalls einem verbitterten Kodex angepasst ist. Über all dem lastet das Schweigen wie ein Deckel. Hier und da wechseln argwöhnische Blicke ihren Besitzer – DU ALSO AUCH! – so etwa. Sophie befürchtet laut lachen zu müssen, aber das wäre nun wirklich so unsensibel, wirklich, wirklich ...

Wieder im Freien, hat sie lediglich eine Dose Hering in Biotomatensauce (nicht einmal das ein Witz) erbeutet. Jetzt darf sie lachen: Was für graue, hanfgefaserte, übellaunige Mimosen. Zwangsgesunde Gesundgezwungene – ein Auflauf der Freudlosen.

~~~~~~~~~~ 17 ~~~~~~~~~~

Guckt ein Spiegeltrinker beim Trinken in den Spiegel?

Caries laut gewordener Gedanke ist tatsächlich ein Einfall. Er fällt mitten in ihre soeben beendete Verpuppung, verfängt sich einen Moment im rosa Tüll des Schmetterlingskleides und durchschmettert anschließend Sophies Erklärungsregister. MERJA, DU …

Nein, Carie (er verschluckt ihn eher oder der Spiegel guckt aus ihm heraus …), das hat mit dem Blut zu tun. Wenn du süße Zuckerbonbons isst, dann erhöht sich in deinem Blut der Anteil des Zuckers, das nennt man dann Spiegel. In dem Fall Zuckerspiegel. (Wie weiter?) … Wenn du trinkst, hast du mehr Flüssigkeit in den Gefäßen, das ist der Flüssigkeitsspiegel (Amen). Und wenn du regelmäßig dieselbe Menge einer bestimmten Flüssigkeit trinkst, hast du immer den gleichen Spiegel von deren Inhaltsstoffen im Blut. (Om)

Und wenn ich Wasser mit Zucker trinke, habe ich einen Flüssigkeitsspiegel und einen Zuckerspiegel in der Flüssigkeit? (HELAU!) So etwa.

Kluge kleine Carie.

Armer kluger Kurt.

Sophies Überlegungen enden mit Caries Besuchsende. Heute kein »Notbesuch«. Seit dem Vorfall scheint Merja die Mäßigung selbst. Springt Lasse ein? ... Doch diesen Gedanken erträgt sie nicht. Der Freund und Helfer, der weder Freunde noch Hilfe braucht – das ist vertrauteres Terrain. Dabei ist sie sicher, sie würden einander verstehen, ja sogar eins sein, könnten sie nur einen Moment nebeneinander schweigen.

Liebe kleine Carie, wie hoch wird mein Strafmaß ausfallen? Denn auch ein ... ist ein Verbrechen, und weder Freund noch Helfer wird mich verstehen.

~~~~~~~~~~ 18 ~~~~~~~~~~

Am letzten Sonntag im Januar läuft eine erregte Frau vor das Auto einer Polizeistreife. Statt zu schneien, regnet es an diesem Abend wie aus Kannen. Wild gestikulierend erzwingt die korpulente Dame die Notbremsung. Den Grund macht sie schnell verständlich. Ein Einbruch in ihr Haus, nein, keine kaputte Tür. Der Schlüssel, nun ja, jemand muss gewusst haben … Er liegt immer, also meistens unter diesem Stein. Nein, offenbar ist der Einbrecher verschwunden, aber … Wie sie darauf kommt? – Sie hat Licht gesehen, wie von einer Taschenlampe, nein, es kann nicht ihr Mann gewesen sein. Ob sie seine Handynummer habe, ja, aber er liegt im Krankenhaus, bloß keine Aufregung für ihn!

Nach kurzer Überlegung, ob Verstärkung anzufordern sei, entscheiden sich die Beamten dagegen. Wir schauen rein, bleiben Sie solange hier stehen.

Rein äußerlich weisen weder die Tür noch das Innere des Hauses Einbruchsspuren auf. Der Fußboden ist trocken, keine nassen Fußspuren. Innen keine Verwüstung oder Unordnung. Entweder kannte sich der Täter aus und musste nicht suchen (er kann drinnen auch keine Straßenschuhe getragen haben), oder aber es gab keinen Einbruch. Das zu entscheiden wird die Eigentümerin helfen müssen.

Doch die ist wie vom Erdboden verschluckt.
Hast du ihren Ausweis verlangt?
Wie denn, wann denn? Dazu war weder Grund noch Gelegenheit.
Wir hätten sie mit reinnehmen sollen. Aber das wäre gegen die Vorschrift und fahrlässig gewesen.
Die Suche nach der Dicken bleibt erfolglos.
Habe ich Halluzinationen?
Da er sich die gleiche Frage gerade gestellt hat, antwortet der Kollege nicht.
Also doch die Kollegen vom Einbruchsdezernat, die werden sich auch um die Spurensicherung kümmern. Und um die Suche nach der Verschwundenen. Völlig konsterniert greift einer der Beamten zum Funkgerät.

Die eintreffenden Kollegen finden hinter zwei ratlosen Streifenbeamten drei nebeneinanderstehende Häuser vor, in keinem von ihnen brennt Licht. Das mittlere ist das »Einbruchshaus«. Die drei Häuser stehen isoliert – bis auf die vorbeiführende Straße nur Felder und Wald.

Folgende Ermittlungsergebnisse führen im Laufe der Nacht zu einiger Konfusion:
1. Das im Polizeiregister geführte Bild der Eigentümerin des besagten Hauses stimmt in keiner Weise mit der Personenbeschreibung der Streifenbeamten überein.
2. Der Eigentümer liegt in keinem Krankenhaus.

3. Die einzigen frischen Spuren stammen von den Streifenbeamten selbst.

4. Mit Ausnahme eines ramponierten Schmetterlingsflügels auf dem Hausabtreter, der sich später wegen des Regens nur mit Not als Flügel eines Kohlweißlings definieren lässt, gibt es keine Besonderheiten. Obwohl der Flügel nicht in die Jahreszeit passt, erregt er nicht sofort Aufmerksamkeit.

5. Dann aber wird klar, dass es sich um ein Indiz handeln könne, da die Familie den gemeinsamen Namen »Falter« trägt.

6. Weder die wahre Eigentümerin noch deren Ehemann sind erreichbar. Beide Handys, deren Nummern mithilfe der Nachbarn linkerhand ermittelt werden, sind ausgeschaltet.

7. Die Nachbarn linkerhand sind vor einem Tag aus einem längeren Urlaub zurückgekehrt und haben seit ihrer Rückkehr im Haus nebenan kein Licht gesehen. Als sie heute Nacht von einer Feier nach Hause kamen, wurden sie von den Ermittlern überrascht.

8. Die Nachbarn rechterhand sind nicht zu Hause.

9. Eine eingeleitete umfangreiche Suche nach der verschwundenen »Hilfesuchenden« bleibt erfolglos.

Die einstweiligen Vermutungen:

1. Es hat kein Einbruch stattgefunden und sie sind einer Verrückten aufgesessen. Aber wo sind die Eigentümer?

2. Es hat einen Einbruch gegeben, die Einbreche-

rin hat ihn selbst angezeigt und dann kalte Füße bekommen.

3. Die Einbrecherin ist von Komplizen in Gewahrsam genommen worden.

4. Die Eigentümer sind entführt worden und die Beamten sind einer gerissenen Entführerin begegnet.

5. Die Welt hat sich von allen Gesetzmäßigkeiten der Logik verabschiedet.

Sicher ist, dass die Verschwundene das Haus eine Zeit lang beobachtet haben muss, oder aber mit den Gegebenheiten vertraut ist, also sogar zum Bekanntenkreis der Familie Falter gehört haben wird.

Gut, sagt der Einsatzleiter, lassen wir zunächst ein Phantombild anfertigen.

Das Phantombild zeigt: eine Frau mit verkniffener Mimik und schwarzem, sehr kurzgeschnittenem Haar. Das gesamte Gesicht ist von Akne übersät.

Das Phantombild zeigt nicht, dass diese Frau korpulent ist.

Da man den Sohn des Eigentümerehepaares vorerst nicht beunruhigen möchte, wird man sich frühmorgens zunächst an die jeweiligen Arbeitsstellen wenden. So weit, so gut ...

~~~~~~~~~~ 19 ~~~~~~~~~~

Weiter am Morgen:
Bevor Arbeitsstellen und Sohn des Eigentümerpaares angelaufen werden, machen sich die ermittelnden Kommissare erneut zu deren Haus auf den Weg. Man kann nie wissen …
Dort treffen sie auf folgende Situation:
1. Die Villa ist erleuchtet.
2. Auf das Klingeln hin öffnet eine übernächtigte und erstaunte Frau, die den Grund der Störung zunächst nicht erfasst.
3. Diese Frau und der später dazukommende Mann können sich als Eigentümer ausweisen.
4. Sie sind erst vor einer halben Stunde von einem Auslandsurlaub zurückgekehrt (um diese Zeit befinden sich die Nachbarn linkerhand bereits auf ihren jeweiligen Arbeitsstellen).
5. Sie vermissen augenscheinlich und nach flüchtiger Prüfung weder Geld noch Gegenstände aus dem Haus.
6. Ihnen fällt niemand ein, der vom Aussehen her der Frau auf dem Phantombild ähnelt.

Das weitere Vorgehen:
1. Eine Anzeige gegen Unbekannt wird aufgenommen.

2. Zweimal pro Tag und mehrmals pro Nacht wird ein Streifenwagen die Villa passieren.

3. Eine Suchanzeige einschließlich Phantombild wird in der Zeitung erscheinen.

4. Kein Schlüssel mehr unter dem Stein!

5. Das Schloss wird ausgewechselt werden und die Installation einer Alarmanlage ist vorgesehen.

Bleibt die Zeitungsanzeige und die nächsten Tage abzuwarten. Ein dringlicheres Vorgehen wird nicht mehr für notwendig erachtet.

~~~~~~~~~~ 20 ~~~~~~~~~~

WER KANN HELFEN?
Unbekannte zeigt Hauseinbruch
an und verschwindet spurlos.
Wer kennt die abgebildete
Person oder kann Angaben zu
deren Aufenthaltsort machen?
Hinweise nimmt jede …

Die am Dienstag erscheinende Suchanzeige löst vielerlei Reaktionen aus; die der Neugier, des Unverständnisses und des Erstaunens. Mit Hinweisen werden in der Folgezeit jedoch nur zehn Personen dienen wollen. Keiner der Hinweise ist ein Treffer. Nach und nach wird der Fall, der offenbar keiner ist, ad acta gelegt. Wäre da nicht …

~~~~~~~~~~ 21 ~~~~~~~~~~

Gedanken gehen und kommen wie Ebbe und Flut. Manchmal strandet ein Gedanke und verweigert den Rückzug.

Nur aus Neugier hatte er nachgefragt. Ihn hatte plötzlich das Datum interessiert und tatsächlich: der letzte Sonntag im Januar. Dem mysteriösen Zettel hätte er sicher kaum Beachtung geschenkt, hätte er nicht an seiner Tür geklebt. Etwas gelitten hat er während seines Aufenthalts im Abfalleimer – aber immerhin. Ein »f«, eine Kniffung, Bindestrich, ein O (eine Null oder ein Kreis), Bindestrich, dann das Zeichen für die Kreiszahl: das griechische Pi. Etwas feucht, aber noch zu erkennen. Im Kopf hatte er die genaue Konstellation nicht mehr. Von dem Zettel erzählt er dem Kollegen nichts.

Wenn du schon fragst, Lasse, du wohnst nicht allzu weit ab, vielleicht hältst du etwas die Augen offen. Im Grunde sind wir aber durch damit. Wie gesagt, wenn du willst …

Für viele ist der Sonntag ein freier Tag. Freizeit, Langeweile und Schnapsideen, nicht allzu außergewöhnlich. Aber sowas? Der gleiche Tag – der »Einbruch« und dieser Zettel, wer von denen, die er … hätte ein Interesse …? Auch kein Treffer, schon gar nicht in diesem Zusammenhang. Was für einen

Sinn soll das ergeben? Ein ähnlicher »Hinweis« in der Nähe? – Auch da hat er gefragt. Zuerst im eigenen Haus. Merja Wied mit ihrer aufrauschenden Neugier – er hatte sich bedeckt gehalten; Kurt von Rimstetten, der freundlich verneinte und nicht zuletzt Sophie Wildenhain, erstaunt und diesmal beinahe scheu (ihr Gewissen wegen des Wasserbades?). Gut, gut. Nachbarhäuser: negativ. Bei niemandem sonst ein Zettel oder Ähnliches. Das ist nun doch? kein? Zufall?

~~~~~~~~~~ 22 ~~~~~~~~~~

Schneezauber. Baumäste neigen sich unter dem Gewicht des ephemeren weißglitzernden Schmuckes. Große Flockenfedern sinken ihrer Auflösung auf dem Asphalt entgegen. Schwarzes Band durch weißes Land. Kohlweiß. Weiß oder schwarz, gut oder böse. Weiß und schwarz, gut und böse. Nicht weiß noch schwarz, nicht gut noch böse.
WEN SOLL ICH THERAPIEREN?
All die Seelen, angedaut durch Rückschläge und Angst, gleichen der ihren. Und doch hat sie ihrer letzten Patientin ein Lächeln entlockt. Mut aus beliehenen Ressourcen ...
Muss sie reden? Wie kann man ahnen, wie man sich fühlt? Davor, dabei, danach.
DENN AUCH EIN VORGETÄUSCHTES VERBRECHEN IST EIN VERBRECHEN!
Und weder Freund noch Helfer wird sie verstehen.

~~~~~~~~~~ 23 ~~~~~~~~~~

Februarfeuchtigkeit, ungastlich dauerklamm. Schmutzgetränkter Schnee an den Straßenrändern. Sein Weg zum zweiten Mal vorbei an drei Häusern, im Kopf einen Zettel mit Kniffung – nein, so weit ist er schon gekommen – mit Faltung. Familie Falter! Zumindest glaubt er jetzt nicht mehr an Zufall. Links daneben Heeges und rechterhand Familie Hertz. Was hatte ihn das kleine F geplagt, aber nun? Es ist das Zeichen für die Frequenz, die in Hertz gemessen wird. Und Heege? Dazu fällt ihm nichts ein. Mit einem »E« vielleicht Wild- oder Pflanzenschutz? Nichts davon auf dem Zettel. Bleiben zwei Bindestriche und ein Kreis-Pi. Oder ein O-Pi. Oder ein Null-Pi.

Ein Kreis, das scheint ihm wahrscheinlicher. Etwas, das sich schließt, wenn man Dinge miteinander verbindet, etwas, das zusammenhängt. Zweimal Bindestrich. Ein Zusammenhang, dem er in gewisser Weise hinterherhängt. Hertz Falter-Kreis-Pi. Oder Hertz Falter-Kreis?

Februarfeuchtigkeit, ungastlich dauerklamm. Schmutzgetränkter Schnee an Straßenrändern. Langsam durchnässende Schuhe. Den Weg zurück geht Lasse Westrem schneller. Was sucht er, wenn es nichts zu suchen gibt? Besser ist es, sich der warmen Wohnung und des Tees zu entsinnen. Tee trinken und abwarten, abwarten und Tee …

~~~~~~~~~~ 24 ~~~~~~~~~~

Schon wieder fast ein Zusammenstoß. Sophie Wildenhain in Eile. Guten Tag ohne guten Weg.

Im Vorbeigehen auf ihrer Wange ein Schimmer, als sei Schnee getaut, nur kommt sie von drinnen – er hatte sie gar nicht ansehen wollen –, ihre Augen wie gehetzt. Er kann sich des Eindrucks nicht erwehren … Plötzlich findet er keinen Gefallen mehr an seiner zur Schau gestellten Abneigung.

Schon einmal sah er sie anders, frühmorgens in ihrem Bademantel und mit nackten Füßen (ihre Füße schmal, er dachte, sie lebe auf größerem Fuß), und ihm waren Zweifel gekommen. Einmal sah er sie ohne ihre Schminke, die großen Augen noch größer vor Schreck. (Tat es ihm leid? – Noch nicht, dafür jetzt!).

Ihr schwarzer Mantel wird von der Nacht resorbiert, noch bevor ihm die Tür den Blick verstellt.

~~~~~~~~~~ 25 ~~~~~~~~~~

Die Frau, die es nicht gibt!

Schmetterlinge haben nie zu den Tieren gehört, die ihn besonders umtreiben. Ein Fehler und sehr schade, wie er jetzt findet. Der Flügel auf dem Abtreter und die Frau, die einfach verschwindet – eine Verwandlung, darauf ist er erst gestern gekommen. Metamorphose! Wieder und wieder das Phantombild, aber wozu, wenn nichts sich rührt in seinem Personenregister. Und was in aller Welt hat er damit zu schaffen? Ob sich zu alldem noch jemals ein Sinn gesellt?

Gestern auch das Gespräch mit dem Eigentümer der Villa rechterhand. Hertz (wie die Frequenz, nicht der Muskel). Kurz hatte er an eine Selbstanzeige auf dem Zettel geglaubt, nur leider auch das völlig abstrus, und der fast zeitgleiche Urlaub mit den Familien der beiden Nachbarhäuser per Alibi belegt.

Noch immer keine Erleuchtung, auch wenn ein Detail nach dem anderen sich entpuppt, oder wie kann er es nennen?

~~~~~~~~~~ 26 ~~~~~~~~~~

Der Himmel glüht vor in Orange und Rot, bis graues Wolkentuch die Flammen erstickt.

Sophie gegenüber sitzt Vera S. Ihre Hände entzündet und schrundig. Mehrere Stunden Duschen und Schrubben täglich haben ihr Hautbild geprägt und sind Ausdruck einer Zwangsstörung. Waschzwang und Berührungsangst. Sie üben Händeschütteln und das Anfassen von Gegenständen.

Die Schwierigkeit: Nicht aufstehen und waschen gehen danach. Unzählige Hürden täglich und sich ständig erneuernde Prüfungen. Sie lachen ein wenig zusammen, das macht vieles leichter.

Man muss seiner Angst ins Gesicht schauen, sie fällt uns in den Rücken, wenn wir weglaufen oder nachgeben ...

Mit Lasse Westrem reden – GESTEHEN. Plötzlich ist ihr leichter. Allein der Gedanke entlastet sie. Nie hatte sie sich vorgestellt, dass die Anstrengung ständigen Verbergens so zentnerschwer wiegt. Mehr und mehr wird ihr die unsinnige Aktion zur Pein. Was für eine Dummheit, welche Blamage. Ihr ist, als hätte sie hinter Glas Nitrat produziert und sich damit um ein bekömmliches Leben gebracht. GESTEHEN was niemand VERSTEHEN wird. Es bleibt ein Gedankenspiel – wer sollte sie danach noch ernst nehmen wollen ... – und doch hat sie die Fährte gelegt. Gedeih oder Verderb!

Zur etwa gleichen Zeit erscheinen auf dem Bildschirm eines fremden Computers unzählige Verbindungsnachweise. Sie betreffen die Telefonanlage der Familie Hertz ...

~~~~~~~~~~ 27 ~~~~~~~~~~

Beweisen, was nicht zu beweisen ist. Definitiv die Anwesenheit am Urlaubsplatz. Hertz im Ausland.

Neuland. Und er darf nicht einmal fragen. Verdacht auf gut Glück. GLÜCK?

Aber Anrufe auf Sophie Wildenhains Arbeitsstelle. Plötzlich ein Bezug zu seinem Haus. Zu ihm und nun auch zu ihr. Der Ring vor dem Pi, vielleicht ein Kreis oder (und) die Erde. Terra. Terra-Pi. Oder Therapie. Psychotherapie. Hertz Falter-Thera-Pie. Falterapi. An den Haaren herbeigezogen und konstruiert, aber vielleicht gerade deswegen?

Nur will er nicht fragen. Wegen der Mittel, derer er sich bediente. Was in aller Welt – kommt so ohne erkennbaren Sinn einher? Er soll es herausfinden oder nicht, nur wieso er? Was ist passiert, Sophie? ...

Herr Hertz gestand Frau Wildenhain während der Therapie den fingierten Einbruch bei seinem Nachbarn, der seinen Wohnungsschlüssel unter einem Stein ... Er war als Frau verkleidet und ... Herr Hertz ist schwer gestört. Da Frau Sophie Wildenhain unter Schweigepflicht steht und doch nicht schweigen will, bediente sie sich eines Mittels, das beidem gerecht wird – ihrem codierten Hinweis an ihn. (Hält sie ihn für kompetent?) ... Das ist wunderbar schlüs-

sig. Hat den Haken, dass Herr Hertz es nicht gewesen sein kann. Er war im Ausland …
   Himmel-Bomben-Kruzi!

~~~~~~~~~~ 28 ~~~~~~~~~~

Grau und glutleer der Himmel. Ganz ohne Glorienschein die Einleitung der Dämmerung und die Einleitung ihres Urlaubs. Entlaubte Baumwipfel in reglosem Verharren. Andacht.

Langsam und schonend die Dimmung aller Kontraste. Auf ihrem Fensterrahmen die Autos der Amundsenstraße – Scheinwerferumzug in zwei Richtungen. Am Horizont das Blinken roter Morsesignale. Fernes Hundegebell wie ländlicher Segen, dann Treppen- und Schlüsselgeräusch – Dr. Kurt von Rimstetten, der nach Hause kommt. Nach Hause. Auf ihrem Fußboden noch Requisiten von Caries nachmittäglichem Spiel.

Liebe kleine Carie, ich komme wieder.

Ihre Geschichte im Wohnungsteil darunter noch immer ein Fragment, aber dieser Teil wird hierbleiben müssen. Die Fortsetzung folgt unter der ewigen Melodie des Meeres. Nur das Ende wird sie hier empfangen.

Sie wird in aller Frühe fahren, um dem Zwilling der Abenddämmerung zu begegnen.

Ein letzter Blick in alle Räume. Möbel und Arrangements, die ihre Gegenwart atmen. Waschmaschinenschlaf bei gesichertem Zulauf.
ICH KOMME WIEDER.
Zwei Taschen vor der Tür wie schlafende Tiere, die plötzlich aufgenommen werden. Die Treppe hinab bis zum Hochparterre, dann weiter Richtung Eingangstür. Kurz vorher wendet sie sich nach links. Vier kantige Behältnisse mit Namensschildern. L. Westrem – Sophie öffnet die Klappe und versenkt ihren Zweitschlüssel im grauen, metallenen Gehäuse.

~~~~~~~~~~ 30 ~~~~~~~~~~

Mit kurzem, hellen Klang quittiert einer der Hausbriefkästen das Eindringen eines Fremdkörpers. Kurz darauf das stotternde Geräusch der Eingangstür, das um diese frühe Zeit einer Klage gleichkommt. Oder einer Drohung. Nur waren dafür ihre Schritte zu leicht. Er kennt ihre Art, die Treppe zu benutzen. Nur entfernt glückt den Stufen die hölzern-matte Antwort auf den Berührungsreiz ihrer beschuhten Füße. Füße, die schmal sind, wie er jetzt weiß. Und feingliedrig.

Die anderen erkennt er auch am Gang. Merja Wieds unbekümmertes Gepolter, Caries in der Regel munteres Trapsen gegen Dr. von Rimstettens langsam-beschwerte Fortbewegung, so als würden beim Aufstieg Hobel angesetzt, um alte Versiegelung zu entfernen – die Last eines rücksichtsvoll zurückgezogenen Lebens auf zwei Schuhe verteilt, treppauf, treppab.

Seit einer Stunde ist er wach. Vielleicht rührte sein Schrecken von einem Traum her, an den er sich nicht mehr entsinnt. Eine jener unbestimmten somnolenten Gefahrenanzeigen oder Warnungen, plötzlich ins Bewusstsein katapultiert – auf einmal bedrohlich real, aber weiterhin ohne Inhalt oder erkennbaren Zusammenhang. Vernichtungsangst mit dem Auf dämmern und der Gewissheit einer tödlichen Bestimmung, das Erfühlen sinnloser Qualen und des unabwendbar nahenden Endes – jeder ist letztenendes allein mit dem Grauen – immer.

Deshalb also ist er jetzt wach. Deshalb auch hat er das Geräusch vernommen, kurz und metallisch wie beim Öffnen des Geldfachs einer Ladenkasse. Vorher ihre Schritte, behutsam, und dann die Tür wie ein Schluss-Strich …, was macht sie um diese … Nein, kein Schluss-Strich …

Wie ist es damit? Herr Hertz erzählt Sophie Wildenhain während der Therapie von einer oder einem Bekannten, die/der eine Mutprobe oder Ähnliches … – eine Möglichkeit, sicher. Er kann sich nicht konzentrieren. Noch immer der Nachhall des Traumes oder was immer es war.

Im Flur, auf dem Weg zur Küche, hat er sie dann gehört …

Hastig und ohne abzusetzen trinkt er Wasser aus einem Glas. Eilig tritt er daraufhin zum Fenster, er muss sich ganz links halten, um sie noch zu sehen. Stabwanze, hatte er damals gedacht, aber es ist nicht wahr, sie ist geschmeidig, ihre Bewegungen weich. Er sieht ihr langes Haar, das sie zu einem Zopf geflochten hat. Ein dunkles Blond – sie hat sich ebensowenig festgelegt wie er. Ihr Anblick radiert seine negativen Sensationen. Ein anderes Empfinden tritt an deren Stelle, auch nicht eben positiv. Wohin mit zwei Taschen? Jetzt? Und als er sie sieht, in ihrer nächtlich-heimlichen Verlorenheit, empfindet er an ihrer Stelle Einsamkeit, und er denkt sie sich ohne jeden Beistand – schutzlos, so, wie er momentan machtlos ist gegen sein Empfinden. Dann hat sie sein Blickfeld verlassen. Dem jähen Impuls, ihr zu folgen, widersteht er mit Mühe. Er hört ihre Autotür, das Geräusch des Motors hört er nicht. Allein an einem Fenster im Hochparterre eines Jugendstilhauses fühlt er sich plötzlich stehen gelassen, nicht mitgenommen – die Erinnerung eines Zustandes aus frühen Kindheitstagen ...

Was ist so wichtig an dieser Geschichte? Er hat wirklich Dringlicheres ... Jemand hat seine Kollegen und ihn zum Narren gehalten, das soll vorkommen, wäre nicht das erste Mal. Er ist nicht ohne Humor, auch nicht rachsüchtig oder geltungsbedürftig, auch ist er niemand, der ständig mit erhobenem Zeigefinger ... Schwamm drüber und Ende. Schließlich ist es so: Wäre eine Aktion, die er und sein Freund vor langer Zeit getätigt hatten, aufgeflogen – er hätte niemals eine Chance gehabt auf seine Stelle.

Also zurück unter warme Daunen, er sieht schwarzes Haar übers Kissen verteilt, ihre Schulter weich – Mondhaut unter Mondseide, Nadja.

~~~~~~~~~~ 31 ~~~~~~~~~~

Mondhelle Haut unter mondheller Seide. Nadja. Was ihnen in sechs Jahren selten glückte, gelingt hier und in großem Abstand. Unter dem Schutz und im Bewusstsein gemeinsam gelebter Jahre genießen sie komplikations- und zwanglos die Lust. Was einst einen schalen Nachgeschmack bei ihm hinterließ, ist jetzt Befreiung. Nadja – Teil einer gescheiterten Beziehung – seiner und ihrer. Und doch – in sehr großem Abstand, wie gesagt … und nichts schmerzt danach. Kein Bedauern im Abschied. Auch kein tiefer Friede wie nach richtigem Glück. Und doch, wenn er an ihre letzten gemeinsamen Jahre denkt, an das dumpf stampfende Maß täglichen Einerleis, an Nadjas Unfähigkeit, sich für irgendwas zu interessieren: die stumpfstaubige Enge einer glücklosen Beziehung; Langeweile, die vorm Spiegel sich die Haare kämmt. All das, was ihr Zusammenleben störte, stört nur wenig in ihren jetzt seltenen Begegnungen. Nur vorhin, am Fenster, hat er das erste Mal ans endgültige Beenden gedacht.
Sonnenhaut unter Sonnenseide. Nadja. Er sieht sie erwachen, ihr genüssliches Räkeln, auch sie ist so früh schon schön. Trotz alledem fühlt er neben sich regender Begierde etwas Neues, etwas, das sein Bewusstsein erobert, einem Vorwurf gleich: Sie ist nicht SIE …

~~~~~~~~~~ 32 ~~~~~~~~~~

Zwischenstation in Lärz-Ichlim. Allein am See mit Wasservögeln und Fischen. Morgendämmerung – kaum sonst empfindet sie eine solch vollkommene Ruhe wie im Zwielicht des Tagesbeginns oder Tagesendes. Um diese Zeit, die nicht schwarz noch weiß ist, will sie sich fügen, erkennt sie den Sinn und die Bestimmung, die in den Nebelschwaden überm See sich wiegt, in kühler Luft sich regt, in einsamen Booten ruht, sich über Holzhütten am Ufer legt, in Wellen sich spiegelt.

Ruhe und Einklang – und nichts als das.

Ihr kleines Frühstück, Kaffee aus einer Thermoskanne und ein kleines Brötchen, genießt Sophie in aller Stille. Noch vor dem Eintreffen der Lieferwagen und dem Erwachen des Betriebs im angrenzenden Hotel wird sie ihren Weg fortsetzen. Noch zwei Stunden Landstraße (die sie der Autobahn vorzieht), vorbei an verschlafenen Orten und Feldern voller Kraniche, hin zum Ort an der See, der sich teilt in Ost und West (wie eine Erinnerung) – sie wird im Ostteil Quartier nehmen.

~~~~~~~~~~ 33 ~~~~~~~~~~

Verschlüsselung, Entschlüsselung. So weit, so gut. Oder noch nicht so weit. Hat sie sich im Kasten geirrt? Kaum. Sicher nicht. Der Schlüssel, der zur Haustür passt, und? Überflüssig zu warten, bis die Wied-Wohnung verlassen ist, dort wird er nicht passen. Kurt von Rimstetten? – Auch dort nicht. Es ist IHR Schlüssel und jetzt versteht er das nächtliche Geräusch zwischen Stufen und Eingangstür, das kurze Klingen, das nur am Rande in sein Bewusstsein fand – im Gegensatz zum Geräusch ihrer Füße und der Eingangstür. Die Eingangstür, die Ausgangstür wurde für sie und in dieser Nacht. Ausgang zum Ausweg? Wohin? – Das wird er herausfinden. Weshalb? – Auch das, er wird nichts unversucht lassen. Schwamm drüber? – Jetzt nicht mehr, nein.

~~~~~~~~~~ 34 ~~~~~~~~~~

Nur selten noch erwischt ihn der Schrecken so unvermittelt. Im Dezernat für schwere Kriminalität ist jähes Erschrecken abtrainiert durch wiederholte Übungen und ungeübte Wiederholungen. Latentes Grauen – das schon, ab und an, aber nicht so, dass er sich verraten würde. Auf die Situation im Hausflur seines Wohnhauses ist er kaum vorbereitet. Jemand mit ähnlich kriminalistischem Gespür hat von ihm unbemerkt die Treppe erklommen.

Sie ist in K., eine ganze Woche lang!

Merjas Kopf am Treppenfuß, das Metallgeländer wie ein Tattoo auf ihrer Gesichtshaut. Gerade noch hatte er die Bewegung des Aufschließens in eine Klopfbewegung umwandeln können. In seiner Faust der Schlüssel wie ein Verräter. Also Hände in die Jackentasche – zugleich mit seinem Schulterzucken entlässt er das Werkzeug für seinen geplanten Vorstoß.

Noch wegen des Wasserschadens?

Ein kurzes Nicken direkt in ihre Neugier hinein und hinein in aufkeimenden Zweifel, er sieht es genau.

Was ist so wichtig an dieser Geschichte, er hat wirklich Dringlicheres … Was also ist so wichtig, dass er wie ein jämmerlicher Dilettant alle Regeln außer Acht gelassen hat? Warum wollte er nicht mehr warten, war es doch ohnehin sein dritter Versuch? Zweimal schon hatte er auf den Dachboden ausweichen müssen. Warum also wartet er nicht, bis wirklich niemand im Haus ist? Genau, weil er Dringlicheres zu tun hat – schwerer Raub mit schwerster Körperverletzung, er kann sich wirklich nicht mit Lappalien befassen. Warum also? Weil er in gewisser Weise zweifach darum gebeten wurde? Weshalb dann das Versteckspiel? – Weil eine der bittenden Parteien die Aufforderung dazu verfasste? Sein Instinkt sagt ihm, dass dem so ist, nur weiß er nicht, warum.

Dass er zum Dienst muss, ist nicht gelogen. Merjas nicht uncharmanter Einladung zu einem Morgenkaffee widersteht er problemlos. Heute. Und sonst? Doch, bisher immer. Nicht immer problemlos. »Nie mit jemandem aus dem eigenen Wohnhaus« war bisher ein sicherer Schutz vor der Frau, vor der er Freunde grundsätzlich warnen würde. Deshalb widersteht er. Ihr. Merja Wied. »Nie im eigenen Haus« ist bequem und bewahrt ihn vor Erklärungsnot.

»Nie im eigenen Haus« ist allumfassend und gefällt ihm in letzter Zeit immer weniger, weil diesem NIE die Nähte zu reißen beginnen wie einer zu engen Jacke.

~~~~~~~~~~ 35 ~~~~~~~~~~

Noch ist ihr Gepäck hinter der Anmeldung verstaut. Ihr Zimmer wird erst am Nachmittag frei. Erste Gäste durchqueren ohne Eile das Foyer auf dem Weg zu einem opulenten Frühstücksbuffet. Leib und Seele – wer hier nicht gesundet, trägt selbst Schuld, würde ihre Kollegin wissen. Ist das so? Vielleicht, vielleicht nicht. Ein weites Feld, denkt Sophie. Doch es ist ihr Lieblingshotel mit seiner Lage am Strand und seiner relativ geringen Größe. Die Sitzmöbel des Eingangsbereiches sind bequem, der Rezeptionstresen einladend anstatt einschüchternd, die Zimmer behaglich und sauber, das Essen fantastisch, Hotelinhaber und Personal aufmerksam und freundlich. Was fehlt? – Womöglich fehlt ihr das Bewusstsein derer, die sich mit Denken und Handeln im Einklang befinden.

Alles hätte schiefgehen können. Schon hinter der Mauer des Hertz-Hauses – ihre Rückverwandlung hatte zu lange gedauert, so lange, bis einer der Beamten beinahe das »Einbruchshaus« wieder verlassen hatte. Was für ein Glück, dass er nochmals umgekehrt war. Glück. Etwas, das sie bald verlassen wird. So oder so. Für den anderen Fall, nämlich dass die Beamten sie ins Haus mitgenommen hätten, hatte sie den besseren Plan gehabt, nur ob er wirklich besser ... Außerdem spielt es keine Rolle mehr. Die Schmach, sofort enttarnt zu werden, ist ihr erspart geblieben. Ob Lasse Westrem ihr auch nur das Geringste ersparen wird, ist zweifelhaft. So zweifelhaft wie die Verzweiflungsposse einer Psychotherapeutin ...

Nachts, nach jähem Erwachen, noch nicht abgemildert durch »wenn« und »aber«, überfällt sie die Erinnerung mit unbarmherzigem Schrecken. Dreist, lächerlich – was kann sie noch sagen? Nur manchmal am Tage oder am Abend sieht sie den Erdenball und das Leid oder die Freude seiner unzähligen Siedler in Beziehung zu seiner Stelle, die er im Weltraum einnimmt. So abstrahiert, gelingt ihr die Distanzierung von dem enervierenden Gefühl einer allumfassenden Katastrophe.

~~~~~~~~~~ 36 ~~~~~~~~~~

Seiner Meinung nach ist es das erste Mal, dass er auf eine von drei klaren Fragen eines Kollegen ebenso klar lügt.

Gibt es Neuigkeiten, Lasse? Hattest du schon mal Zeit, nachzusehen? Ist dir in Nähe der Häuser irgendwas oder irgendjemand aufgefallen?

Nein, ja, nein. In dieser Reihenfolge. Gleich zu Beginn die Lüge.

Zusammenzuarbeiten ist eine der wichtigsten Regeln für erfolgreiche Ermittlungen. Nun gut, es ist ein Kollege aus einem anderen Dezernat, er scheint auch nicht mehr allzu interessiert, seine Fragen mehr beiläufig und ohne große Erwartung. Und möglicherweise ist es auch besser, mit gesicherten Erkenntnissen aufzuwarten, nicht vorschnell die Hühner aufzuscheuchen, so sagt man doch? Und selbst, wenn er den Täter oder die Täterin mit dem »Schlüssel« präsentiert bekommen sollte, vielleicht geduldet er sich doch besser, bis er genau weiß, welche Erwartungen SIE an ihn geknüpft hat. IHM hat sie den Zettel überstellt, nicht der zuständigen Dienststelle. Was für ihn heißt, dass er warten sollte.

Was ihn umtreibt, ist die Frage aller Fragen, nämlich wie sie überhaupt annehmen konnte, dass er auf diese Spur gelangen würde? Dass er einen Zusam menhang herstellen würde zwischen dem Zettel und der späteren Zeitungssuchmeldung, nur aufgrund des übereinstimmenden Datums (hält sie ihn für kompetent?).

Man muss das Unmögliche wollen, um das Mögliche zu erreichen. Vielleicht muss man auch ans Unmögliche denken, um das Mögliche zu erkennen.

Das Unmögliche. Was erscheint völlig unmöglich? Oder besser, wer scheidet als Täter aus?

Der Polizeipräsident und ...

Für einen Moment hält er inne – energisches Kopfschütteln und ... nein, das nun wirklich nicht. Das ergäbe nicht den Ansatz eines Sinns.

~~~~~~~~~~ 37 ~~~~~~~~~~

Windgängige Flusen schmutziger Zuckerwatte über den Strand verteilt. Das Meer ist aufgebracht. Verlassen das Strandkorbhaus, der Vermieter im Winterschlaf. Grünschlüpfrige, lecke Buhnenketten tauchen im Wellenrhythmus auf und unter, ein Jagdflugzeug zieht eine eigene Tonspur über das Tosen. Sophie ist warm angezogen, die Kapuze hält sie mit den Händen. Sie liebt dieses Wetter, besonders an der See. Angesichts solcher Gewalten erscheinen die eigenen Turbulenzen kaum nennenswert.

Was ist geschehen? Sie hat eine grobe Dummheit begangen, eine, die eher einem Teenager als einer erwachsenen Frau anstehen würde. Und sie hat sich jemandem ausgeliefert, nicht wahr? Im Vertrauen darauf, dass er der sein möge, für den sie ihn gerne halten würde. (Immergrüne Pflanze Hoffnung – unbelehrbar oder ist sie weise?) Nun, zumindest hat sie sich nicht getäuscht, was seine Intelligenz und seine Fantasie betrifft. Als er wegen des Zettels fragte, die Art, wie er fragte – sie wusste ihn auf der richtigen Fährte. Nur eines hatte sie nicht bedacht – dass er sie einer solchen Dummheit und Frechheit nicht für fähig halten würde und stattdessen einen der Hausnachbarn verdächtigen müsse. Solches und Ähnliches erfährt sie während der Therapien. So ist das.

Deshalb der Schlüssel. Farbe bekennen. Vielleicht wird sie eine hohe Geldstrafe zahlen oder kann es noch schlimmer kommen? Noch schlimmer als ihr beschädigter Ruf?

Ruf? Nun ja, das ist peinlich und unangenehm, sie werden sich die Mäuler zerreißen, Empörung und Unverständnis werden aufrauschen wie die Wellen des Meeres und dann wird wieder anderes wichtiger. Neue Skandale werden ihre Runden ziehen, es werden nicht ihre sein. Das Meer beruhigt sich, so ist es immer, und von ihrer Tollheit bleibt eine Spur im Sand.

38

Einen Freund hat er. Sie sehen sich selten, eher telefonieren sie miteinander. So wie heute. Zum Beispiel, wenn er eine Bitte hat.

Was soll ich tun, wie sieht sie aus?

Ersteres ist leicht zu formulieren, beim Folgenden gerät er ins Stocken.

Was willst du wissen?

Alles, was sie tut, mit wem – sag einfach, was sie macht.

Ich darf wohl nicht fragen, weshalb …

Frag nicht, nein.

Gut, Lasse, ich mach's, aber ich hab nur das Wochenende und notfalls den Montag.

Einschließlich Montag, wenn's geht.

Werd ich einrichten.

Tom? – Danke.

~~~~~~~~~~ 39 ~~~~~~~~~~

Was sie am Alleinreisen stört, ist in wenigen Sätzen zu sagen. Das Empfinden, wie jemand auf der Suche zu erscheinen oder wie feilgebotene Ware, ist anfangs allgegenwärtig. Deshalb das Bemühen, diesen Eindruck aufzuheben, deutlich zu machen, dass sie NICHT auf der Suche ist, was wiederum unnatürlich wirken muss. Sie ist nicht auf der Suche. Und doch fällt sie sofort ins Auge, allein im Restaurant. Möglicherweise wurde sie jedoch verstanden von den drei jungen Männern, die trotz allem und unbeirrt freundliche Aufmerksamkeit an sie verschwenden. Möchte sie einerseits allein sein, fehlt ihr auf der anderen Seite jemand, mit dem sie ihr Erleben und ihre Eindrücke teilen kann. Jemand wie Trutz. Er war ihr Kamerad, ihr Vertrauter, seine Anwesenheit und Fürsorge selbstverständlich.

Selbstverständliches wird am Ende unsichtbar. Sie war auf egoistische Weise zufrieden. Er war auf nachsichtige Weise unglücklich. Und dann war es auf traurige Weise zu spät. Wenn sie das so sagen soll. Mit psychoanalytischer Treffsicherheit hatte Katja Print den Mangel erspürt – und zu ersetzen gewusst. Und Sophie war klug genug, nicht auch noch den Verlust ihrer Arbeitsstelle zu riskieren.

~~~~~~~~~~ 40 ~~~~~~~~~~

Man muss das Unmögliche denken, um das Mögliche zu erkennen.

Schon unzählige Male hat er sich das Phantombild zu Gemüte geführt. Nur – nie unter diesem Aspekt. Ein Gefühl wie Fieber; Brennen unter der Haut, alles tut weh. Hat er Fieber? Nein, nur einen unerhörten Gedanken. Verdacht kann er es nicht nennen, es ist schlimmer. Gewissheit ist es allerdings auch nicht. Etwas dazwischen, aber genau deswegen nimmt es ihm die Ruhe.

Das Erste, was man denkt bei jedweden Betrachtungen – nicht umsonst sind sie wieder und wieder dazu angehalten, dem Beachtung zu schenken. Der erste Eindruck in knappen Worten, noch bevor das Denken und Kombinieren einsetzt. Was hatte er beim Betrachten des Bildes gedacht? – Arme Frau, durch Akne entstellt – und dann eine so unvorteilhafte Frisur, verkniffener Mund (absichtlich?), auffallend schmaler Lidspalt (Absicht?), auf jeden Fall keine Asiatin …, und noch etwas hatte er gedacht: trotz allem nicht hässlich, irgendwas hat das Gesicht.

Und jetzt glaubt er zu wissen, was. Wenn er die Haare mit seiner Hand bedeckt und sich nur auf das Oval konzentriert, es ist eine Computerzeichnung, aber … Himmel-Bomben …

Aber dann holt er sich wieder ein.

Ganz ruhig jetzt, komm wieder runter! Überarbeitung hat sehr spezielle Symptome. Und er hofft inständig, dass dem so sei.

~~~~~~~~~~ 41 ~~~~~~~~~~

Zwischen dichtem Bewuchs immer wieder Sanddornsträucher, orangefarbene Beeren durchleuchten das Grün und Braun, das wie hohe Mauern den Weg säumt. Ein Märchenweg am Ende des Ortes, jenseits des Yachthafens. Ein Weg, an dessen Ende sie eine andere und neuartige Welt erahnt, die Überraschung, die so oft ausblieb: eine Welt voller Elfen und Feen; Tier, Mensch und Natur im Einklang; nichts Böses, das Bedrohung sein könnte. Als Kind hatte sie dieses Wunder hinter einer herausnehmbaren Kachel am Fuß der Badewanne gewähnt, irgendwo im Labyrinth des ableitenden Rohrsystems. Stundenlang hatte sie im Bad und vor dem Hohlraum verharrt und dem Unmut ihrer Mutter getrotzt. Doch das Wunder blieb unsichtbar.

Wunder ist nicht gleich Wunder. Keine Elfen und Feen am Wegesausgang, aber ein einsamer Strand, Sonne über dem Dünengras, tiefblau bespannt der Himmel; Steine, die, Schildkröten gleich, auf dem Sand verharren. Ausgeglichen das Meer, seine Ausläufer benetzen mit gleichmäßiger Sorgfalt den Ufersaum. Und dann das anschwellende Geräusch eines Hubschraubers, das die Stille zerschreddert. In Bojenhöhe überfliegt er den Strand.

Sie kommen, mich zu holen, denkt Sophie, aber ihr ist es nicht ernst damit.

Auf dem Rückweg dann plötzlich der Mann. Angst fühlt sie in Situationen wie diesen selten, eher ist sie wachsam. Ein einsamer Mann auf einsamem Weg. Er ist etwa in ihrem Alter, mittelgroß, schlank, sein Gesicht ist bemerkenswert, interessant. Auf ihrer Höhe angekommen, lächelt er kurz, als sie ihn ansieht. Sie widersteht dem Wunsch, sich nach ihm umzudrehen.

~~~~~~~~~~ 42 ~~~~~~~~~~

Er hört den Wetterbericht für zwei Regionen. Genau genommen seit Donnerstagabend und nach drei gescheiterten »Aufklärungsversuchen«. Seitdem er weiß, wo sie sich aufhält. Weiß er, warum? Noch kann er von Wissen nicht reden. Doch woher das Gefühl? – Störend und nicht angenehm: wie ein Topfkratzer zwischen Brust und Bauch, der Kopf beschwert mit ungeordnetem Gedanken-gut. Gut? Eher nicht. Schlimm? Auch nicht. Nicht direkt. Nur hat er es gerne, zu wissen, was gespielt wird und aus welchem Grund er mitspielen soll.

Sophie Wildenhain, Psychotherapeutin (nichts Menschliches ist ihr fremd?). »Langstielig«, langhaarig, intelligent und schön, wandelt sie auf dem schmalen Grat zwischen Stolz und Hochmut – sie bekommt, was sie will, und sie will, was sie bekommt?

Er denkt, dass es so ist. Ist es so? Er fühlt sich seinerseits für die Gerechtigkeit zuständig – ist er es am Ende, der überheblich ist?

Was tut sie in ihrem Beruf? Sie hilft, und ganz sicher sogar ist sie freundlich …

Schon dreimal sah er sie anders: Früh in ihrem Bademantel und mit nackten Füßen, ihre Füße schmal, er dachte, sie lebe auf größerem Fuß; ein verschwindendes Lächeln, die großen Augen noch größer vor Schreck – tat es ihm leid? – Erst nicht, später schon. Das zweite Mal im Hausflur – auf ihrer Wange ein Schimmer, als sei Schnee getaut, nur kam sie von drinnen –, ihre Augen wie gehetzt. In der Nacht ihrer Abreise schließlich wurde er heimlicher Zeuge ihrer nächtlichen Verlorenheit, und er empfand an ihrer Stelle die Einsamkeit und dachte sie sich ohne jeden Beistand, schutzlos, so, wie er machtlos war gegen sein Empfinden …

Was ist geschehen, Sophie?

~~~~~~~~~~ 43 ~~~~~~~~~~

Den ganzen Freitag war schönstes Wetter: dort und auch hier. Er wusste es, bevor Tom sich meldete.

Ich hab sie, Lasse.

Dieser Satz erzeugt eigenwillige Bilder in ihm – er assoziiert ihn mit einem Schmetterlingsfänger und einer hilflos flatternden Gefangenen in dessen Netz, deshalb sein Lächeln. (Apropos Schmetterlinge …)

Kannst du schon was sagen?

Nun ja, sehr, sehr schön.

Das will ich eigentlich nicht hören.

Deshalb sag ich's dir ja.

Gut, was noch?

Schön, also, sonst gibt's nicht viel. Sie ist allein – selbst gewählt – muss ich wohl nicht sagen. Ich glaube, sie ist zufrieden.

Zufrieden?

Ja also, ich weiß ja nicht, worum es …, sie geht den Strand entlang, wenn sie nicht gerade etwas isst. Das genießt sie, glaube ich. Abendbrot gegen neunzehn Uhr, dann ist sie auf ihr Zimmer gegangen, Licht ist jetzt aus. Ich hoffe, sie steht nicht schon um sieben auf. Also, Lasse, morgen weiß ich vielleicht mehr. Hab einen schönen Abend, ich pass hier auf.

Zufrieden, denkt er, nachdem er dem Freund gedankt hat. Zufrieden. Sie genießt es, geht den Strand entlang, wenn sie nicht gerade etwas isst. Sie ist allein, selbstgewählt – muss er nicht sagen, nein.

Zufrieden.

Das schlägt dem Fass den Boden ... Morgen will er es wissen, egal, ob das Orakel für Ja oder Nein stimmt.

~~~~~~~~~~ 44 ~~~~~~~~~~

Sie möchte eine gute Sicht, und sie will abspringen können, falls es brennt.

Seit wann sie das hat? Schon lange. So ist es einfach. Sie bevorzugt den ersten Stock. Jeder hat seine Vorlieben und Fantasien. Positive wie negative. Doch die Belle Etage ist immer schon besetzt, wenn sie hier anruft (woran erinnert sie das …?). Ihr Zimmer also im Zweiten, doch auch hier kennt sie den Fluchtweg – die Balkonterrasse unter ihrem Fenster, und dann wäre sie ja wieder im Ersten, nicht wahr? Sie müsste eben zweimal springen, nicht schlimm – es sei denn, das Feuer wäre genau unter ihr … Gebannt schaut sie auf großflächige Fliesenquadrate unter ihrem Fenster, dann hebt sie den Blick. Zwischen lichthellen Baumstämmen schimmert die See. Myriaden glitzernder Strass-Steine überziehen die Wasseroberfläche; kühle, klare Luft, die ins Zimmer dringt und versöhnliches, begütigendes Rauschen. Keine Freude und kein Leid, die diese Gleichmäßigkeit zu stören imstande wären. Gleichmäßigkeit, Ausgeglichensein. Etwas, das auch sie kannte. Von sich. Vor wie langer Zeit?

Die Sonne hat Urlauber auf die Promenade gelockt, Sophie beobachtet deren sorglos-gelassenes Wandeln. Hotelfahnen vor dem Haus wie Sonnensegel im Wind. Äolsharfenklänge. Ein Polizeiauto nähert sich in erzwungen langsamer Fahrt, vorsichtig überwindet es die Aufwerfungen der Straßenbremsen. Sie kommen, mich zu holen, denkt Sophie, aber es ist ihr nicht ernst damit. Trotzdem der Anflug einer Gänsehaut, und für einen Augenblick meint sie den Tenor und das Vokabular der Rechtsprechung zu vernehmen. Das wäre dann später, nicht wahr? Und vorher? – Sind Sie Frau Wildenhain? – Ja – Dann möchten wir Sie bitten, uns zu begleiten ... usw.

Nichts dergleichen bisher. Was keineswegs beruhigend ist. Beruhigend? Ruhe? Ruhe vor dem Sturm? War er in ihrer Wohnung? Wenn ja, wie weiter?

Antipathie – Sympathie

Aufdecken – verheimlichen

Sie hatte bisher nicht bedacht, dass das eine wie das andere gleichermaßen unangenehm sein könnte für ihn.

~~~~~~~~~~ 45 ~~~~~~~~~~

Sonnabend, das Haus ist verlassen. Vor ihrer Wohnung das Aroma, das er von flüchtigen Begegnungen kennt und das vor ihrer Tür wie eine Erinnerung liegt. Etwas Sanftes, Verführerisches, er kann nicht sagen, was. Sandelholz, fällt ihm ein, aber das trifft es nicht. Er denkt an Sand, der durch die Finger rinnt, an Urlaub, Creme, Puder; an Haar, das in der Sonne glänzt, weiche Haut, kühle Luft und Meerwasser, und er denkt an all die Dinge, die er begehrte – nur um zu wissen, dass er sie nicht besitzen werde ...

Geschmeidig und fügsam gehorcht das Schloss dem Drängen des Schlüssels. Kein Einbruch – nur – dass er hier Blumen gießt, würde ihm niemand abnehmen. Am Mittwochabend kehrt sie bereits zurück, doch auch bei längerer Abwesenheit wäre er der Letzte, den sie um etwas gebeten hätte. Bisher, wie gesagt. Also wenn er wirklich – und das weiß er bestimmt, wenn er also wirklich will, dass der »Besuch« ihrer Wohnung unentdeckt bleibt, dann muss er sich sehr vorsehen. Vor allem, wenn er sie wieder verlässt. Dann besonders. Das Problem ist nicht ihr Gegenüber, sondern Merja Wied. Mit den beinahe hellseherischen Fähigkeiten mancher Hysteriker erspürt sie die Veränderung, der sie all ihre Sensoren entgegenrichtet. Alles auf Empfang sozusagen. Sie wäre eine perfekte Ermittlerin, persönliches Interesse vorausgesetzt. Aber vorerst ... ermittelt er. Oder wie kann er nennen, was er hier macht?

Er kennt die Wohnung und er kennt sie wieder nicht. Damals, als er sich um sie bewarb ... nun, vielleicht war es doch gut, dass sie ... Die weibliche Hand – er hatte es oft gehört und gesehen, so auch hier. Viele Bücher, Bilder, sparsame, aber keineswegs spartanische Möblierung. Alles hat seinen Platz und ist auf angenehme Weise einladend. Keine Gardinen, nur hauchzarte Vorhänge, deren Überlängen sich lässig auf der Dielung tummeln. Nein, sie näht nicht um, das hätte ihn auch gewundert.

Am schönsten ist und war schon damals der Dachbodenraum. Deshalb hat er vor allem die Wohnung haben wollen. Aber so eingerichtet, übertrifft er alle seine Vorstellungen. An ihrer Stelle, gewissermaßen für sie, genießt er das Panorama vor den Zwillingsdachfenstern. Hier also sitzt oder liegt sie; er nimmt ihren Geruch wahr, ihr Parfum, und ist auf eine unbestimmte, oder soll er sagen, ganz bestimmte Weise ... Und dann sieht er Decken auf dem Fußboden, Schmetterlingsbücher und ein roséfarbenes Gaze- oder Tüllkleidchen. Es wird ihr nicht passen, hier spielt wohl Carie, aber ihm wird auch klar, was hier gespielt wird, so muss er es sagen.

An Zufall glaubt er schon lange nicht mehr bei dieser Geschichte. Auch, dass es sich hier um einen allgemeinen Hinweis handeln könne, nimmt er nicht an. Dafür hat sie ihm bereits zu viel zugetraut. Ist es so? Doch, offenbar. Eines allgemeinen Hinweises bedarf es nicht mehr. Also? – Diese Sachen liegen bei ihr, nicht irgendwo, und für einen weiteren Augenblick überfällt ihn die Gewissheit, dass er es mit fantasievollen Ausläufern einer Selbstanzeige zu tun hat. Die Codierung auf dem Zettel, der Schlüssel – noch unspezifisch –, aber nicht beseitigte Requisiten für Verkleidungsübungen (wenn auch nicht ihre eigenen) … Das ist schon – spezifisch. So viel dazu. Unabhängig davon untermauert das Phantombild und möglicherweise ihr verändertes Verhalten seine Theorie.

Herrgott, das kann nicht sein, was sollte das …, aber das fragt er sich in letzter Zeit zu häufig. Was immer er unternimmt, gedanklich und auch sonst, er stößt auf SIE. Hertz Falter-Thera-Pie. Hertz Falter-Terra-Pi. Warum fehlt der Bindestrich nach Hertz? Auch das ist kein Zufall, nein. Herr Hertz gab den entscheidenden Hinweis – eventuell über das Schlüsselversteck seiner Nachbarn. Diesen Hinweis gab er absichtslos, eine harmlose Erwähnung während eines Gesprächs, das im Grunde weder seinen Nachbar noch dessen Gewohnheiten zum Thema hatte. Eine vollkommen zufällige Information also. Deshalb hinter Hertz kein Bindestrich. Er war weder involviert noch Mitwisser. Der fehlende Bindestrich für fehlende Beteiligung. Entlastung für Herrn und Frau Hertz. Das ist möglich, er kann aber auch völlig danebenliegen mit seiner Theorie.

Auch wenn Sophie Wildenhain mehr und mehr in

den Fokus gerät, er erkennt nicht einen einzigen Grund für ihre Beteiligung. Er wird sie doch fragen müssen, aber dann weiß er nicht, wie frei er noch sein kann, was das weitere Prozedere anbelangt. Und wieso Falter-Therapie?

Weitersuchen, etwas muss es noch geben, das sie ihm zeigen wollte.

~~~~~~~~~~ 46 ~~~~~~~~~~

Sein Handy. Er hat sein Handy nicht ausgeschaltet in ihrer Wohnung. Seit wann ist er so unvorsichtig, oder soll er besser sagen, nicht konzentriert? Doch, konzentriert war er soeben noch, aber nicht vorsichtig.

Tom – ich muss leise sprechen, rede du.

Also, Lasse, nichts Neues eigentlich. Die meiste Zeit geht sie spazieren, allein. Sie ist einfach eine Urlauberin, würde ich sagen, zufrieden oder in sich gekehrt, ich weiß nicht genau. Einmal hat sie mit einer Frau geredet, ich denke, das war eine zufällige Begegnung. So sah es aus.

Danke – im Grunde weiß ich, was ich wissen wollte, du kannst also …

Ich verstehe, Lasse, aber nun bleibe ich noch. Das Wetter ist schön, und da ich schon hier bin …

Irgendwann erzähl ich's dir, zumindest in groben Zügen, aber vielleicht muss Zeit vergehen …

Obwohl er nicht sicher ist. Ob er in groben Zügen – ohne sie völlig preiszugeben … – Schon zu Beginn war ihm der Papierstapel neben ihrem Computer ins Auge gefallen. In der unteren Etage. Ins Auge gefallen und deswegen zu augenfällig erschienen. Schließlich musste er das aber vermuten. Dass das Versteckspiel beendet werden würde, hier, jetzt und auch augenfällig. Er kann nicht unbegrenzt unerkannt in ihrer Wohnung manövrieren, so viel weiß auch sie. Und schließlich hat er Dringlicheres …, das allerdings durch detaillierte und diesmal wenig widersprüchliche Zeugenaussagen eine baldige Aufklärung verspricht. Gut, gut. Und hier? – Aufklärung pur. Auf dem Papier – nicht in seinem Kopf. Wie ein seismografischer Sensor empfängt er die Sensationen, Erdstößen gleich. Und unter diesen Stößen stürzt das Bild in sich zusammen. Ein Bild, das er sich von ihr … Nun, er ist nicht unerfahren, aber das hier? »MUSS ICH EIN VERBRECHEN BEGEHEN, DAMIT SIE MICH SEHEN?« … »Dabei ist sie sicher, sie würden einander verstehen, ja sogar eins sein, könnten sie nur einen Augenblick nebeneinander schweigen.« Dann die Beschreibung ihres Dachbodenraumes oder besser ihres Ausblicks auf die Amundsenstraße: »Eine Straßenlaterne ätzt helle Flecken ins nächtliche Firmament, ihr zweifaches Echo in den Scheiben. Aus weiter Ferne rotes lockendes Blinken, dort, wo sie die Windräder weiß.« … – Ja, hatte er auch schon gesehen.

Und dann: »Windschiefer Monat November, Laub fegt mit herbstklammem Geflüster über den Gehsteig. Frostskizzierungen an den Fensterscheiben. Erstes Eis, das in Klumpen vom Dach sich löst und am Boden zerschellt. Wie eine Leihgabe der Schneekönigin liegen die klarkaltglitzernden Eiskristalle feil. Nun muss es sein, Sophie, es hilft nichts sonst.« …

– Das kann nicht sein und ist doch so. Wäre er

kleinmütiger, könnte er von seiner eigenen Schuld sprechen, aber solche Dinge liegen immer diffiziler. Es gibt nicht DEN Grund, sondern immer mehrere. Falter-Therapie. Therapie für eine Therapeutin. Nun ja, über die Mittel könnte man streiten. Den Wunsch, auszubrechen – wer kennt ihn nicht? Ihn auf diese Weise umzusetzen, das ist schon – psychiatriereif? Darüber möchte er nicht befinden. Schließlich besetzt er eine der Hauptrollen in diesem Verwirrstück.

Die Geschichte an sich? Teilweise sehr schöne Formulierungen, sehr sensibel. Nicht uninteressant, nein – aber was macht er jetzt mit seinem Wissen? Und mit IHR?

Was ihr improvisiertes Geschichtenende betrifft – Fügen in Unvermeidliches, versteckte Bitte oder weise Voraussicht? Was soll er denken? Am besten nichts mehr heute.

Die Treppe geht er wie in Trance. Einmal in seiner Wohnung, weiß er nicht, ob er oben abgeschlossen hat.

~~~~~~~~~~ 47 ~~~~~~~~~~

Gedanken gehen und kommen wie Ebbe und Flut. Gedankenflut. Gedanken, die stranden und den Rückzug verweigern. Strandgut. Nach § 16 der Strandungsordnung dem Schiffer oder sonstigen Berechtigten zurückzuüberstellen. Ihre Tat, seine Gedanken. Also muss er sie nicht teilen, mit niemandem, wenn er es recht bedenkt. Leider falsch und sehr schräge Theorie. Gedankenspiel, nicht mehr.

Er hat sich verpflichtet, irgendwann. Da konnte er nicht wissen, was ihm begegnen wird. Deshalb also Verpflichtungen. Andere wussten es vor ihm. Dass eine Verpflichtung vor Skrupeln bewahren soll. Er hat sie dennoch. Eine Tat, die keine ist und eben doch. Halb Spiel, halb Ernst. Ernstes Spiel ohne und mit Folgen. Für die Kollegen, die Streife fuhren, wahrscheinlich nicht. Für die Familie Falter in gewisser Weise schon. Ohne Folgen für Sophie Wildenhain? Um ihretwillen möchte er es dabei belassen. Das wird sich nicht wiederholen, ist im Grunde ein hochenergetischer Ausrutscher, nicht wahr? Mit Folgen für ihn? Auf jeden Fall. Beruflich nicht direkt, wenn niemand ihm in die Quere kommt, aber indirekt. Und sonst? Doch, schon. Alles steht Kopf, und er kann nicht genau sagen, was ihn stört an ihrer Aktion. Die einerseits bemerkenswert ist. Der Ausbruch eines Paradiesvogels aus rostigem Gefängnis. Andererseits ist da ihr Motiv – ihre Stärke in Wirklichkeit Schwäche, ihr Stolz Unsicherheit. Kopfüber von einem Sockel, auf den sie stattdessen ihn stellt? Das ist schwer verdaulich.

Er weiß nicht, ob er oben abgeschlossen …

Überprüfen wird er es sicherheitshalber nicht mehr. Außerdem – könnte er nur die Tür abschließen, nicht alles andere. Das liegt offen wie ein Buch, oder – ein Manuskript. Bisher nur für ihn, Gott sei Dank.

~~~~~~~~~~ 48 ~~~~~~~~~~

Montagabend. Gewöhnlich ist das Mitteilungsbedürfnis des Freundes eher begrenzt. Niemand weiß das so genau wie Tom. Deshalb hat er den Mantel anbehalten, auf dem der Schneegriesel zu tauen beginnt. Feine Tröpfchen, die sich zu Rinnsalen vereinen und abwärts streben. Ein kurzer Stau am Saum und schließlich der endgültige Triumph der Schwerkraft.

Dem allmählich der Trocknungsprozess folgt.
Also doch, ablegen.
Abendbrot, Tee. Später dann Wein.
Das ist schon eine Geschichte, Lasse. Ob sie mir gefällt, ich kann's nicht sagen. Auf jeden Fall sei sicher, sie bleibt bei mir.

Das musst du nicht erwähnen …
Sie wollte dich auf sich aufmerksam machen – als ob sie das nötig …, sehe ich doch richtig, oder? Also eher wollte sie richtig verstanden werden von dir – ich weiß nicht, ob ich mich klar genug ausdrücke. Nein, wohl nicht … Was dich dein Schweigen kosten kann? – Bist du gerade mit der Schule fertig geworden?

Du verstehst mich nicht.
Doch, tu ich. Du hast deine eigenen Komplexe an ihr kuriert. Ohne Risiko, dachtest du. Nun, sie ist

eins eingegangen und es ist ein wenig auch zu deinem eigenen geworden ... Wie ich mich? ... Also, das wüsste ich. Sie wirkt auf mich nicht, als könne sie nichts für sich behalten. Es gibt sowohl dienstliche als auch menschliche Verpflichtungen. Meistens folgen sie demselben Gebot, aber manchmal erfordern es die Umstände, sie zu trennen. Zwischen ihnen zu wählen. Sich zu entscheiden. Deswegen, Lasse, finde ich, du stehst in der Schuld. In ihrer.

~~~~~~~~~~ 49 ~~~~~~~~~~

Zwischenstation in Lärz-Ichlim. Mittagessen zur Kaffeezeit. Die alles mildernde Dämmerung wünscht sie sich zu ihrer Ankunft daheim. Und bis dahin – ist es taghell und klar. Ein klarer Tag. Ein Tag von rücksichtsloser Klarheit. Mittwoch. Sämtlich mögliche Szenerien bei ihrer Rückkehr sind gedanklich vollzogen. Und jetzt? Leere diesbezüglich. Selbst für den Fall, dass gar nichts passiert, ist eines doch passiert, unabwendbar. Etwas, das klar liegt; das einzig Klare – sie hat sich etwas vergeben und hofft auf – Vergebung? Nein, eher darauf, dass ihr haarsträubender Appell auf jemanden getroffen ist, der versteht und nicht richtet. Jemand, der imstande ist zu erkennen. Verborgenes hinter Offensichtlichem. Und würde es nicht sie betreffen – ER wäre derjenige. Punkt. Keine Reset-Taste.

Was sie sonst noch dachte: Gedanken zum Erhalt oder zur Wiederherstellung ihres Selbstwertgefühls: Er, der ihr Interesse nicht verdient. Ein halsstarriger, selbstgerechter Stehpinkler und Stinkstiefel. (Dabei stellt sie sich Sitzpinkler nur ungern vor oder gar solche, die es im Liegen tun. Und leider war da auch sein Lachen. Einmal im Hausflur mit Merja Wied. Tief und gutmütig ...) Weiter in verbaler oder gedanklicher Selbstverteidigung: Andere haben schon

Schlimmeres getan. Oder noch Peinlicheres. – Das waren aber andere!

Selbst-Wert-Gefühl. Nur ein Gefühl ihrerseits also – kein Wert ...

Mittagessen zur Kaffeezeit. Die alles mildernde Dämmerung, die Dimmung aller Kontraste benötigt sie also zu ihrer Ankunft daheim ...

Man isst sehr gut hier im keinen Hotel, dessen Restaurant von beinahe allen Plätzen aus einen Blick über abschüssiges Wiesengelände hin zum See ermöglicht. Neben gehörten oder erzählten Märchen gibt es solche, die man erlebt oder sieht. Sie sieht:

Von hohen Pergolen fallen Rankenüberschüsse wie Wasserfälle über die oberen Fensterausschnitte. Wie in einem Kokon aus Ranken und Zweigen fühlt sie sich in beschützter Position. Gepflegte Wildnis, nur sanfte Korrekturen; wahre Schönheit ist natürlich oder naturnah. Holzstege am Wasser schieben sich wie ausgestreckte Zungen gegen farbige Hütten am gegenüberliegenden Ufer. Ententanz auf schimmernden Wellen. Ein künstlicher Schwan in Übergröße ankert unverdrossen seit Jahren schon am diesseitigen Strand. Hohe Bäume spenden Schatten und säumen seitlich den Hang. Ruderboote wirken wie Schlittenhunde vor den Schilfgürtel gespannt. – Lass mich DA SEIN, diese Schönheit zu sehen – das dachte sie einst auch zu Hause ...

Zu Hause.

Liebe kleine Carie, ich komme zurück.

~~~~~~~~~~ 50 ~~~~~~~~~~

Am Ende des Tages sieht er sie kommen. Ein Tag auf dem Weg ins Nachtquartier. Der Schrei eines Vogels begleitet den Sinkflug der Sonne. Wie der Seidenschal einer Frau führt die Luft weiche und milde Aromen.

Sein Schrecken ist echt. Zerstört das Bild einer Woche, so, wie schon vorher Bilder sich wandelten. Reumütige Rückkehr einer Delinquentin, gebeugte Haltung, gebeugter Stolz, willfährige Schuldnerin seiner Großmut, kein Grund seinerseits, an Überraschungen zu glauben. Die Vorhersehbarkeit der Geschehnisse, die lächerlich werden unter dem grellen Licht sich erfüllender Voraussagen. Hatte er je diese Erwartung? Das kann er kaum mehr mit Sicherheit sagen.

Er sieht sie also kommen. Langbeinig, langhaarig und schön, wandelt sie in bewährter Weise, sodass er schon Zweifel bekommt, seine Wahrnehmung betreffend. Wie konnte er in einer Woche vergessen, was ihr Wesen ausmacht? All das, was ihn gegen sie aufbrachte, was wie Einschüchterung ihn zwang und zugleich Auflehnung gegen eigenes Begehren bedeutete, woheraus er bisher scheinbar nur auf dem einen möglichen Weg gelangen konnte … der SIE gezwungen hatte …, aber was davon ist sichtbar für ihn? Ihr Gang leicht und zugleich fest, ihre Erscheinung so, als würde ein Lichthof vor ihrer Gestalt alle irdischen Gesetzmäßigkeiten aufheben.

Ein leichter Schwindel, der ihn erfasst, lässt ihn nach der Stuhllehne sich umsehen. Nicht seine Ressentiments, wohl aber die einstige Enttäuschung, zentrifugiert und ausgesondert. Trennen von Bestandteilen. Was bleibt, ist das, was er sieht, und das, was er sich leichtsinnig eingestanden hat. Im Siegesrausch seiner Erkenntnisse über sie und durch einen gelösten Fall ohne die üblichen Sisyphosmühen im Vorfeld. Beinahe lückenlos übergebene Puzzleteile, Zeugenwachsamkeit.

Zu viel des Guten. Und nun steht er, wie er schon vorher stand – im Zwielicht, obwohl bereits Dunkelheit ihn schützen könnte.

~~~~~~~~~~ 51 ~~~~~~~~~~

Mit der Unbarmherzigkeit einer Schlingenfalle vereitelt die Tür all ihre Bemühungen. In scheinbar doppelter Lautstärke ertönt das Ächzen und Stottern des Türalarms, das lediglich zähflüssiger wird durch langsames Öffnen. Lächerlich und nutzlos ihr Zwängen durch kleinsten Spalt.

Aus der Enge eines Türspalts in die Enge einer Umklammerung. Carie, die nicht mehr warten will nach einer Woche Spielentzug. Carie. Blondes Engelskind. Gott sei Dank.

Das an der See erstandene Requisit für neues Spiel übergibt Sophie ihr sofort. Spiele, die ein jähes Ende finden, und solche, die sich fortsetzen. Spiele mit und ohne Grenzen. Spiele, aus denen Ernst wird, und solche, die Spiel bleiben. Ernst im Spiel. Gespielter Ernst. Gedankenflut. Und dann Eindrücke. Der Geruch des Hauses, Holz, Reinigungsmittel, Geländermetall, Verputz. Briefkästen, zwei Türen im Hochparterre. Briefkästen? – Ihrer ist leer. Ein Vakuum, das Enttäuschung zieht. Kein Zeichen, kein Aufruhr, keine Katastrophe. Nur Merjas Kopf in der Tür – ichkommnachhermalkannCarieschon? – Ja.

~~~~~~~~~~ 52 ~~~~~~~~~~

Carie und Merja wieder im Hochparterre. Wied, wieder, am wiedesten … Und am weitesten Lasse Westrem. Obwohl direkt unter ihr. Nähe und Ferne, alles ist relativ.

Sie geht wie auf vorgezeichneten Pfaden. Wachen Sinnes erspürt sie den Weg, den er genommen haben muss. Seine Schuhe auf ihren Dielen, seine Hände (SEINE Hände) auf den Seiten ihres Skripts. Das Erste, was sie unter Bergen von Schreibblöcken vergrub. Vergraben heißt nicht begraben, nicht wahr? Seine Gedanken für eine Zeit bei ihr. Zwangsläufig.

Woher sie weiß, dass er hier war? – Sie weiß es.

Kein Zeichen, keine Unordnung, nichts, was auf seine ehemalige Anwesenheit schließen ließe. Und doch weiß sie es mit Bestimmtheit. Wie ein fremdes Arom in den Räumen, flüchtig und doch bewahrt von Möbeln und Gegenständen, erspürt sie eine Restladung körperlicher und geistiger Energie.

Fremdenergie.

Seine Schuhe, seine Hände, seine Gedanken. Hier.

~~~~~~~~~~ 53 ~~~~~~~~~~

… Der Mensch ist und bleibt mehr oder weniger ein Egoist, der mehr oder minder durch Belohnung welcher Art auch immer motiviert werden muss. Rücksichtnahme, gegenseitige Achtung und Hilfsbereitschaft sind nur in begrenztem Umfang durch Gesetze regelbar. Erziehung spielt dabei eine wichtigere Rolle, und zwar von Kindesbeinen an, so, wie das Effektvollste immer das ist, was jeder einzelne in seiner unmittelbaren Umgebung bewirkt. Naja, wir sind ja schon viel weiter gekommen. Deshalb – Sozialismus in der heutigen Zeit wäre lediglich ein Sieg der Neidhammel über die Kreativen. Und wenn alle gleichgemacht werden, ist mindestens ein Teil unfrei, was wiederum diktatorisches Niederhalten dieses Teiles erfordern und nach sich ziehen würde, was sagen Sie?

Ich will Ihnen im Grunde nicht widersprechen, nur … (ist es vielleicht doch ratsam, eine Überweisung?) …

Gedankenketten und Pläne in steter Folge, nicht immer geordnet; die Therapiestunde überzogen, was kein Problem wäre, es ist die letzte dieses Tages. Die Terrorbekämpfung ist missglückt und stationär ausgebremst und nun das. Erneut kaum zu unterbrechender Redefluss, euphorische Unruhe, kluge Gedanken in einem Topf, der permanent überkocht.

Ihrem inzwischen langen und vertrauensvollen Verhältnis verdankt Sophie, dass ihr Patient ihrer Empfehlung folgt …

Und dann sieht sie Trutz. Meistens ist sie um diese Zeit schon unterwegs. Nach Hause. In ein Haus, das schweigt.

Sein Auto in seitlicher Parkposition, von ihrem Praxisfenster noch eben erkennbar (Rücksicht für alle Fälle?). Sein Gesicht mit Nachtfarben getönt, steht er ans Auto gelehnt. Unverwechselbar seine Haltung. Kopiert lediglich die Situation. Keine fünfzehn Sekunden, bis Katja Print durch die schwungvoll geöffnete Tür einen Schwall frohlauniger Abschiedsformeln entlässt, gefolgt von Ausläufern eines kostbaren Botenstoffes.

Für ihn ist sie pünktlich.
Für ihn das Parfum.
Seinetwegen ist sie froh.
Katja.
Trutz.
Zweimal fünf Buchstaben (ihr eigener Vorname hat sechs).
Lasse – fünf. Merja, Carie. Fünf mal fünf. Sophie. Warum wird sie nicht mit »F« geschrieben?
Gedankenflut, turmhohe Wellen über ihrem Kopf.

~~~~~~~~~~ 54 ~~~~~~~~~~

Schweigendes Haus. Schlimmer als erwartetes Unheil ist dessen Ausbleiben. Das wusste sie bisher nicht. Zumindest nicht mit dieser Bestimmtheit. Keinen Wert zu haben ist unangenehmer, als minderwertig zu sein. So ist es. Gesunder Trotz würde hier helfen. Trotz, nicht Trutz. Und wären da nicht Merja, Carie und Kurt ... Kurt – nur vier, also gut. Schluss damit.
Merja.
Freundin, Feindin, Fremde, Vertraute. Ein wenig von allem und von allem ein wenig. Caries Mutter, was sie ihr wichtig werden ließ. Und erstklassig im Füllen leerer Räume. Ihre Abenteuer, jetzt auf ein »Mindestmaß« beschränkt und nach Außen verlegt, trägt sie, in Erzählform gepresst, zurück ins Haus. In Sophies Wohnung wiederbelebt, enthüllen sich weniger die praktischen Details ihrer Amouren als hinter treffsicheren »Umtaufungen« die Absonderlichkeiten der jeweiligen Galane. Merjas Affinität zu auffälligen Gesellen ist einerseits befremdlich, auf der anderen Seite in vielen Fällen erheiternd, immer jedoch abendfüllend. In letzter Zeit bedient Merja sich zunehmend der jeweiligen Berufsrequisiten für ihre Charakterisierungen. Mit deren Hilfe und mithilfe ihrer bildhaft-sprachlichen Einordnung werden

ihre Liebhaber vergegenständlicht (oder floralisiert) und zusammen mit ihrer Profession ins Komische überstellt. Die Orgelpfeife zum Beispiel ist Sophie in gewisser Weise entgangen. Vielleicht eine Überschneidung mit ihrem Seeurlaub oder ... egal. Der Orgelpfeife jedenfalls ist das Pfaffenhütchen gefolgt (mit oder ohne Gottes Segen), und mit negativer Faszination registriert Sophie erneut das beinahe völlige Fehlen von Empathie oder irgend innerlicher Beteiligung Merjas, was ihre Liebhaber betrifft. Ein Mangel, den das Übermaß nicht kurieren wird.

Merja Wied, Mangel an Empathie, aber seelenvolles Gesicht.

Sie liebt Carie. Die eine Empfindung, der ihr Antlitz den Platz hielt.

~~~~~~~~~~ 55 ~~~~~~~~~~

Wie Flüssigkeit aus einem alten Fotolabor entwickelt die Sonne Figuren auf ihrem Tisch, nebenbei hebt sie den Staub vergangener Tage auf eine sichtbare Ebene. Der Schatten eines Kerzenhalters wird zur Postmeilensäule, eine bauchige Vase zur Matrone, ein Utensil ihres Frühstücksarrangements ein pfeiferauchender Gnom. Nach abgeschlossener Schattendeutung füllt sie ihre Lungen zum Kampf gegen den Staub – aber vielleicht geht auch die Sonne weg ...

Mantel, Tasche, Schlüssel, noch einmal vor den Flurspiegel, dann hinaus, die Treppe hinab – im Visier bereits der Abtreter mit der Aufforderung zur Tiermisshandlung, im Gehörgang das Geräusch einer sich öffnenden Pforte – aus dieser Richtung linkerhand. Dort erscheint die Silhouette Lasse Westrems, für Sophie eben noch aus dem Augenwinkel wahrnehmbar – sie ist schnell, und noch schneller ist ihr Fluchtreflex.

Der gefürchtete/erhoffte Moment – JETZT!
Weiter!
Gehörlos, blind. Wer soll ihr das glauben? Und doch ergreift sie die Klinke. Als würde sie eine Reißleine ziehen, verschafft sie sich Raum und entringt der Haustür einen kurzen, aber eindringlichen Klagetorso.

~~~~~~~~~~ 56 ~~~~~~~~~~

Sonnenstrahlen wie Hohn gegen ihre Stimmung. Kaum achtet sie auf den Weg, nur einmal hebt sie den Kopf auf der Höhe dreier Häuser – Heege, Falter, Her(t)z … Infarkt. Und als wäre es damit nicht genug, die Vollendung ihrer Albernheiten heute früh. Wer soll sie jetzt noch …? – Niemand!

In der Praxis wartet bereits Katja auf sie. »Sie müssten mal reden« verheißt nichts Gutes? Es gibt Tage …

Katja Print in engem Kostüm, die Schuhe hochhackig, schulterlanges braunes Haar, frisches Gesicht, sitzt Sophie gegenüber. Aber nicht in der gewohnt lässigen Haltung, oder täuscht sie sich? Die Beine übereinandergeschlagen (ihr Rock mit der Verhüllung kräftiger Oberschenkel offensichtlich überfordert), beginnt sie die Unterredung mit einem Witz. Als wäre dieser Tag nicht ohnehin einer …

Einen hat sie trotzdem noch – Zwei Männer kommen ins Hotel und fragen den Hotelier: Was soll'n der Schweinestall hier kosten? Antwort des Hotelchefs: Für ein Schwein siebzig, für zwei Schweine neunzig. – Mit Ausnahme ihres Frühstücks das Erste, was sie heute erheitert. Aber dann. Ob sie in ABSEHBARER Zeit auch fünf Tage in der Woche arbeiten könne, selbstverständlich wird noch eine weitere Therapeutin ihr zur Seite ... und alle weiteren Worte werden ihrerseits von einer schlagartigen Gewissheit übertönt. Gedankenkarussell und dann Stockung. KATJA – SCHWANGER. Nicht sehen können, nicht hören, nicht fühlen ...

Ein Stoß wie mit geballter Faust in ihren Leib, aber schließlich gelingt ihr der Beherrschungsspagat. Erwachsen und aufgeklärt wünscht Sophie Glück. Ihr und auch Trutz. (Und all die kleinen und großen Schwierigkeiten des Alltags.) Sie ist kein Engel, nein.

~~~~~~~~~~ 57 ~~~~~~~~~~

SonnenUNTERGANG. Welche Klarheit in einem Wort.

Zielloses Laufen auf Straßen und über Plätze. Kein Platz für sie. Sophie. Sechs Buchstaben und keine Verwendung. Fremd unter Fremden. Passanten; Männer, Frauen, Kinder – alle mit Ziel und Bestimmung.

Auf Regen folgt Sonnenschein, ja, hat sie gehört und auch geglaubt. Glaubt sie es noch? Schon. Eine Art von Sonne wird es geben. Auch die hinter den Wolken. Die immer. Und die Verheißung im Gesang der Amseln im frühen Jahr; Vorboten eines Neubeginns in festgefügtem Reigen. Gutes Essen, warme Bäder, Körperlotion, Essenzen aus Blütenträumen, Träume schlechthin, Bücher, die Bäume vor ihren Zwillingsdachfenstern – wäre sie dort geblieben, hinter Glas, nichts wäre geschehen – aber eben auch NICHTS.

Die berühmtesten drei Worte, eine Feststellung oder Bekenntnis auf den Weg ins Niemandsland.

Und noch weitere drei als Frage.

Was wird werden?

Sie hätte es schon wissen können, wäre sie nicht geflüchtet wie ein Pennäler.

Was wird werden?

Vielleicht sollte sie Merjas Pfaffenhütchen befragen – doch der wird sich nicht festlegen (Gottes Wege sind unergründlich …).

~~~~~~~~~~ 58 ~~~~~~~~~~

Versagen aller Frühwarnsysteme.

Merjas Wohnung im Dunkeln, Türgemecker wie Schadenfreude. Licht im Hausflur.

Licht zur Sichtbarmachung einer Blockade vor ihrem Treppenaufgang. Vereitelung ihres Aufstiegs.

Lasse Westrem in vollkommener GeLASSEnheit.

Ruhig und selbstbewusst, jetzt ohne das geringste Anzeichen verhaltenen Grolls, steht er wie ein Baum, groß, sicher, ein Beschützertyp (jetzt Bedrohung), überlegen, von einer glasklaren Intelligenz. Ein gut geschnittenes Gesicht, die Haare dunkel mit der wunderbaren Beimischung von europäischem Licht – dunkelblond, sieht er sie an: nüchtern, aufnahmebereit, ernst, Forderung inklusive – keine Chance, auszuweichen.

Und da bedient sie sich der momentan einzig verfügbaren Waffe, einer Geste, die Verwendung schon fand in brenzligen, aufgeladenen Situationen während der Sprechstunde, eine Geste, die, ihrerseits Reflex, ebenso reflexartig Beantwortung erfährt. Eine Geste wie friedliches Angebot, die, einmal erwidert, wie Zusage oder Verpflichtung sich liest: Sie reicht ihm ihre Hand.

~~~~~~~~~~ 59 ~~~~~~~~~~

Eine Geste, die, einmal erwidert, wie Zusage oder Verpflichtung sich liest. Zumindest wie augenblicklicher Friede. Seine Hände auf ihrem Skript – jetzt eine Hand in ihrer. Worte, die daraufhin folgten, wird sie in ihrer Wohnung neu aneinanderfügen. Kurz nur die Kommunikation im Hausflur, unterbrochen durch das Eintreten Kurt von Rimstettens und die darauffolgenden freundlichen Formeln des Einander-Grüßens.

Ihr anschließender Aufstieg gesegnet durch das, was wie Lächeln sich in Worte stahl.

Machen Sie sich keine Gedanken …, und noch im Eintreten Kurt von Rimstettens – sicher werden wir Gelegenheit finden, miteinander zu sprechen …

Miteinander.

Auf ihrem Fensterrahmen die Autos der Amundsenstraße. Scheinwerferumzug in zwei Richtungen. In der Ferne rotes Blinken, das der Lockung aus näheren Gefilden unterliegt.

~~~~~~~~~~ 60 ~~~~~~~~~~

Therapiert zur Therapie an einem Tag wie aus rauem Samt. Die Treppe abwärts in gehobener Stimmung. Die eine Geste, die, einmal erwidert, wie Zustimmung oder Verpflichtung sich las. Oder wie augenblicklicher Friede. Und die Segnung durch das, was wie Lächeln in Worte sich stahl …

Gedankenfülle in leerem Haus.

Wind mit dem Frühling im Fang durchforstet den Flur auf der Suche nach Eingang und Ausweg. Der Duft von atmender Erde und von Blüten in jedem Zug seines launigen Gesangs. Rütteln an der Haustür und am Metall der Briefkästen.

Briefkästen. Früh guckt sie sonst nie …

Turbulenzen vor und nach dem Öffnen: Kein Brief, dafür ihr Zettel und der Schlüssel. Eine Rückgabe belastenden Materials. Und noch etwas liegt dort – ein langes, vielblättriges Gebilde – der Zweig einer immergrünen Pflanze wie eine VerSICHERung.

Er wird sie nicht verraten. Ansonsten hätte er fragen müssen.

Bewahrt wie in einem Kokon aus Zweigen und Ranken ein Geheimnis, eines, das sie miteinander teilen. Es ist ein wenig, als würden sie nebeneinander schweigen. Ihre Erkenntnis: Er vertraut ihr bedingungslos und in diesem Vertrauen – endlich – Sympathie.

Plötzlich ist da ihr Wissen oder die Ahnung einer Möglichkeit, die sich vielleicht nicht mehr verwandeln lässt. Eine Möglichkeit, die sie erstaunt und zugleich elektrisiert, verkeilt in geburtswidriger Lage. Und doch ist ihr, als würde etwas direkt vom Himmel auf ihre Flügel fallen, die sie sicherheitshalber ausgebreitet hält – etwas vom Staub der Sterne.

Allein unter Menschen wird sie zu Hause sein – HIER.

* * *

Ich habe die Tat nicht begangen.

Es würde mir nicht gefallen, Menschen in Angst zu versetzen, wie es mir nicht gefallen würde, Polizisten ohne Not zu bemühen.

Ich habe Worte gefunden, aber sie gehören zu meinem Buch. Für die Frauen: Es fliegen auch keine Spanner in der Biosphäre …

Alle Personen sind visionär, bis auf eine (alle Rechte vorenthalten). Es ist, als würde ich hinter Glas Nitrat produzieren wie der Salat im Frühbeet.

Und doch will mir scheinen, dass etwas sich verändert hat an unseren Begegnungen. So, als seien Sie mit meinem Text vertraut – es ist nicht ganz ausgeschlossen, nicht wahr? Sie sind höflicher, freundlich sogar, und Ihr Blick: männlich.

Vielleicht habe ich aber auch die Geste gefunden, die das Schweigen ersetzt.

Noch ein Blick aus dem Fenster, dann nehme ich meine Jacke, eile aus der Wohnung, die Treppe hinab und vorbei an dem Abtreter mit den drei spielenden Hunden – wer bringt es fertig, sich darauf …, nach DRAUSSEN. Dort fällt die Sonne durch ein Netz aus Wolken, dessen Ränder sie in Brand gesetzt hat. In der Luft schon die Ahnung eines Erwachens. Ich beginne zu laufen und atme befreit …

Von Dagmar Graupner ebenfalls lieferbar:

Flug der Mondschwalben
Roman
2010. 112 Seiten. Paperback € 9,80 (D)
ISBN 978-3-8301-9881-9

Sand überall
Erzählung
2008. 120 Seiten. Paperback € 9,80 (D)
ISBN 978-3-8301-1167-2

Die Bergung des Lichts
Erzählung
2008. 112 Seiten. Paperback € 9,80 (D)
ISBN 978-3-8301-1154-2

www.edition-fischer.de • www.rgfischer.de

Dagmar Graupner, geboren 1957 in Berlin,
lebt und arbeitet in Potsdam.